En el café de la juventud perdida

Patrick Modiano

En el café
de la juventud
perdida

Traducción de María Teresa Gallego Urrutia

EDITORIAL ANAGRAMA
BARCELONA

Título de la edición original:
Dans le café de la jeunesse perdue
© Éditions Gallimard
París, 2007

Ouvrage publié avec le concours du Ministère français
chargé de la culture-Centre National du Livre
Publicado con la ayuda del Ministerio francés
de Cultura-Centro Nacional del Libro

Diseño de la colección:
Julio Vivas
Ilustración: Clemence René-Bazin, foto © Raymond Depardon / Magnum
Photos / Contacto

Primera edición: septiembre 2008
Primera edición impresa en Argentina: noviembre 2014

ISBN: 978-84-339-7486-0
Depósito Legal: B. 30272-2008

La presente edición ha sido realizada
por convenio con Riverside Agency, S.A.C.

Impreso en Argentina

Printing Books - Buenos Aires

A mitad del camino de la verdadera vida, nos rodeaba una adusta melancolía, que expresaron tantas palabras burlonas y tristes, en el café de la juventud perdida.

GUY DEBORD

De las dos entradas del café, siempre prefería la más estrecha, la que llamaban la puerta de la sombra. Escogía la misma mesa, al fondo del local, que era pequeño. Al principio, no hablaba con nadie; luego ya conocía a los parroquianos de Le Condé, la mayoría de los cuales tenía nuestra edad, entre los diecinueve y los veinticinco años, diría yo. En ocasiones se sentaba en las mesas de ellos, pero, las más de las veces, seguía siendo adicta a su sitio, al fondo del todo.

No llegaba a una hora fija. Podía vérsela ahí sentada por la mañana muy temprano. O se presentaba a eso de las doce de la noche y se quedaba hasta la hora de cerrar. Era el café que más tarde cerraba en el barrio, junto con Le Bouquet y La Pergola, y el que tenía una clientela más peculiar. Ahora que ha pasado el tiempo me pregunto si no era sólo su presencia la que hacía peculiares el local y a las personas que en él había, como si lo hubiera impregnado todo con su perfume.

Vamos a suponer que llevan allí a alguien con los ojos vendados, lo sientan a una mesa, le quitan la venda y le preguntan: ¿En qué barrio de París estás? Bastaría con que mirase a los vecinos y escuchase lo que decían y es posible que lo adivinara: Por las inmediaciones de la glorieta de L'Odéon, que siempre me imagino igual de lúgubre bajo la lluvia.

Entró un día en Le Condé un fotógrafo. Nada había en su aspecto que lo diferenciase de los parroquianos. La misma edad, el mismo atuendo desaliñado. Llevaba una chaqueta que le estaba larga, un pantalón de lienzo y zapatones del ejército. Hizo muchas fotos a los asiduos de Le Condé. Él también se volvió un asiduo y a los demás les parecía que le hacía fotos a la familia. Mucho más adelante se publicaron en un álbum dedicado a París, sin más pie que los nombres de los clientes o sus apodos. Y ella aparece en varias de esas fotos. Captaba la luz, como se dice en el cine, mejor que los demás. En ella es en la primera en quien nos fijamos, de entre todos los otros. En la parte de abajo de la página, en los pies de foto, se la menciona con el nombre de «Louki». «De izquierda a derecha: Zacharias, Louki, Tarzan, Jean-Michel, Fred y Ali Cherif...» «En primer plano, sentada en la barra: Louki. Detrás Annet, Don Carlos, Mireille, Adamov y el doctor Vala.» Está muy erguida, mientras que los demás tienen la guardia baja; el que se llama Fred, por ejemplo, se ha quedado dormido con la cabeza apoyada en el asiento de molesquín y se ve muy bien que lleva varios días sin afeitarse. Hay que dejar claro lo siguiente: el nombre de Louki se lo pusieron cuando empezó a ir asiduamente por Le Condé. Yo estaba allí una noche, cuando entró a eso de las doce y ya no quedaban más que Tarzan, Fred, Zacharias y Mireille, sentados a la misma mesa. Fue Tarzan quien exclamó: «Anda, aquí viene Louki...» Primero pareció asustada y, luego, sonrió. Zacharias se puso de pie y, con tono de fingida seriedad, dijo: «Esta noche te bautizo. A partir de ahora te llamarás Louki.» Y según iba pasando el rato y todos la llamaban Louki, creo que sentía alivio por tener ese nombre nuevo. Sí, alivio. Porque, desde luego, cuanto más lo pienso más vuelvo a mi primera impresión: se refugiaba aquí, en Le Condé, como si quisiera huir de algo, escapar de un peligro. Se me ocurrió cuando la vi sola, al fondo del todo, en aquel sitio en donde nadie podía fijarse en ella. Y cuando se mezclaba con los demás, tampoco llamaba la atención. Se quedaba en silencio y reservada y se limitaba a escuchar. Llegué incluso a decirme que, para mayor seguridad, prefería los grupos escandalosos, prefería a los «bocazas», porque, en caso contrario, no habría estado casi siempre sentada en la mesa de Zacharias, de Jean-Michel, de Fred y de la Houpa... Junto a ellos, el entorno se la tragaba, no era ya sino una comparsa anónima, de esas de las que dicen en los pies de foto: «Persona no identificada» o, más sencillamente, «X». Sí, en la primera época en Le Condé nunca la vi hablando a solas con alguien. Y además no había inconveniente en que alguno de los bocazas la llamase Louki cuando hablaba para todos puesto que en realidad no se llamaba así.

11

No obstante, si te fijabas bien, notabas unos cuantos detalles que la diferenciaban de los demás. Se vestía con un primor poco usual en los parroquianos de Le Condé. Una noche, en la mesa de Tarzan, de Ali Cherif y de la Houpa, mientras encendía un cigarrillo me llamó la atención lo delicadas que tenía las manos. Y, sobre todo, le brillaban las uñas. Las llevaba pintadas con un barniz incoloro. Puede parecer un detalle fútil. Seamos, pues, más trascendentes. Para ello es menester dar unos cuantos detalles acerca de los parroquianos de Le Condé. Tenían, decíamos, entre diecinueve y veinticinco años, salvo algunos, como Babilée, Adamov o el doctor Vala, que se iban acercando poco a poco a los cincuenta, pero de cuya edad se olvidaba uno. Babilée, Adamov o el doctor Vala seguían siendo fieles a su juventud, a eso a lo que podríamos dar el hermoso nombre, melodioso y pasado de moda, de «bohemia». Busco en el diccionario «bohemio»: Persona que lleva una vida de vagabundeo, sin normas ni preocupación por el mañana. He aquí una definición que les iba muy bien a las asiduas y a los asiduos de Le Condé. Algunos de ellos, como Tarzan, Jean-Michel y Fred aseguraban que, desde la adolescencia, habían tenido que vérselas bastante más de una vez con la policía, y la Houpa se había fugado a los dieciséis años del correccional de Le Bon Pasteur. Pero estábamos en París y en la Rive Gauche, la orilla izquierda del Sena, y la mayoría de ellos vivían a la sombra de la literatura y de las artes. Yo, por mi parte, estaba estudiando. No me atrevía a decirlo y, en realidad, no me mezclaba en serio con aquel grupo.

12

Me di cuenta claramente de que era diferente de los demás. ¿De dónde venía antes de que le pusieran aquel nombre? Los parroquianos de Le Condé solían tener un libro en las manos, que dejaban al desgaire encima de la mesa y cuya tapa estaba manchada de vino. *Los cantos de Maldoror, Iluminaciones, Las barricadas misteriosas.* Pero ella, al principio, siempre llegaba con las manos vacías. Y, luego, seguramente, debió de querer hacer lo mismo que los demás y un día, en Le Condé, la sorprendí sola y leyendo. Desde entonces, el libro ya no la dejó nunca. Lo colocaba bien a la vista encima de la mesa, cuando estaba con Adamov y los demás, como si aquel libro fuera el pasaporte o la tarjeta de residente que legitimaba su presencia junto a ellos. Pero nadie se fijaba, ni Adamov, ni Babilée, ni Tarzan, ni la Houpa. Era un libro de bolsillo con la tapa sucia, de esos que se compran en los puestos de lance de los muelles y cuyo título estaba impreso en grandes letras rojas: *Horizontes perdidos.* Por entonces, era algo que no me decía nada. Debería haberle preguntado de qué trataba el libro, pero me dije, tontamente, que *Horizontes perdidos* no era para ella sino un accesorio y que hacía como si lo estuviera leyendo para ponerse a tono con la clientela de Le Condé. A aquella clientela, si un transeúnte le hubiera lanzado una mirada furtiva desde la calle –e incluso si hubiera apoyado la frente en la cristalera–, la habría tomado por una sencilla clientela de estudiantes. Pero no habría tardado en cambiar de opinión al fijarse en la cantidad de alcohol que bebían en la mesa de Tarzan, de Mireille, de Fred y de la Houpa. En los apacibles cafés del Barrio Latino, nadie habría bebido nunca tanto. Por supuesto, en las horas bajas de la tarde Le Condé podía resultar engañoso. Pero según iba cayendo el día, se convertía en el punto de cita de eso que un filósofo sentimental llamaba «la juventud perdida». ¿Por qué ese café y no otro? Por la dueña, una tal señora Chadly a la que nada parecía sorprender y que mostraba incluso cierta indulgencia con sus parroquianos. Muchos años después, cuando las calles del barrio no brindaban ya más que escaparates de lujosos comercios de moda y una marroquinería ocupaba el lugar de Le Condé, me encontré con la señora Chadly en la otra orilla del Sena, en la cuesta arriba de la calle Blanche. Tardó en reconocerme. Caminamos juntos un buen rato hablando de Le Condé. Su marido, un argelino, compró el comercio al acabar la guerra. Se acordaba de cómo nos llamábamos todos. Con frecuencia se preguntaba qué habría sido de nosotros, pero no se hacía ilusiones. Supo, desde el principio, que las cosas iban a irnos muy mal. Unos perros perdidos, me dijo. Y cuando nos separamos, delante de la farmacia de la plaza Blanche, me hizo la siguiente confidencia, mirándome a los ojos: «A mí la que más me gustaba era Louki.»

Cuando se sentaba a la mesa de Tarzan, de Fred, y de la Houpa, ¿bebía tanto como ellos o hacía que bebía para que no se ofendiesen? En cualquier caso, con el busto erguido, ademanes lentos y armoniosos y sonrisa casi imperceptible, aguantaba estupendamente el alcohol. En la barra, es más fácil hacer trampa. Aprovechas un momento de distracción de los amigos bebedores y vacías el vaso en el fregadero. Pero ahí, en una de las mesas de Le Condé, resultaba más difícil. Te forzaban a seguirlos en sus borracheras. En esto eran muy susceptibles y te consideraban indigno de su grupo si no los acompañabas hasta el final de eso que llamaban sus «viajes». En cuanto a las demás sustancias tóxicas, creí comprender, sin tener total seguridad, que Louki las tomaba con algunos miembros del grupo. No obstante, nada había ni en su mirada ni en su comportamiento que permitiera suponer que visitaba los paraísos artificiales.

Con frecuencia me he preguntado si algún conocido suyo le habló de Le Condé antes de que entrase por primera vez. O si alguien había quedado con ella en aquel café y no se había presentado. Entonces, a lo mejor lo que pasó fue que se apostó allí día tras día, noche tras noche, en su mesa, con la esperanza de volver a encontrarlo en aquel lugar que era el único punto de referencia entre ella y el desconocido. No había ninguna otra forma de localizarlo. Ni dirección. Ni número de teléfono. Sólo un nombre. Pero también es posible que hubiera ido a parar allí por casualidad, como yo. Andaba por el barrio y quería guarecerse de la lluvia. Siempre he creído que hay lugares que son imanes y te atraen si pasas por las inmediaciones. Y eso de forma imperceptible, sin que te lo malicies siquiera. Basta con una calle en cuesta, con una acera al sol, o con una acera a la sombra. O con un chaparrón. Y te llevan a ese lugar, al punto preciso en el que debías encallar. Me parece que Le Condé, por el sitio en que estaba, tenía ese poder magnético y que, si hicié-

15

ramos un cálculo de probabilidades, el resultado lo confirmaría: en un perímetro bastante amplio, era inevitable derivar hacia él. Lo digo por experiencia. Uno de los miembros del grupo, Bowing, ese a quien llamábamos «el Capitán», se había lanzado a una empresa a la que los demás dieron el visto bueno. Llevaba casi tres años apuntando los nombres de los clientes de Le Condé, a medida que iban llegando, y, en todos los casos, apuntaba además la fecha y la hora exactas. Había encargado esa misma tarea a dos amigos suyos en Le Bouquet y La Pergola, que abrían toda la noche. Por desdicha, en aquellos dos cafés no todos los clientes querían decir cómo se llamaban. En el fondo, Bowing estaba deseando salvar del olvido a las mariposas que dan vueltas durante breves instantes alrededor de una lámpara. Soñaba, decía, con un gigantesco registro donde quedasen apuntados los nombres de los clientes de todos los cafés de París en los últimos cien años, con mención de sus sucesivas llegadas y partidas. Lo obsesionaban lo que él llamaba «los puntos fijos».

En ese fluir ininterrumpido de mujeres, de hombres, de niños y de perros, que pasan y acaban por desvanecerse calle adelante, nos gustaría quedarnos de vez en cuando con una cara. Sí, según Bowing, en el maelstrom de las grandes urbes era necesario hallar unos cuantos puntos fijos. Antes de irse al extranjero, me dio el cuaderno en que había llevado, día a día, durante tres años, el repertorio de los clientes de Le Condé. Louki sólo aparece con ese nombre prestado y se la menciona por primera vez un 23 de enero. El invierno de aquel año fue especialmente riguroso y algunos no salían en todo el día de Le Condé para resguardarse del frío. El Capitán anotaba también nuestras señas, de forma tal que era posible suponer el trayecto habitual que hacíamos todos para llegar a Le Condé. Era otra de las formas de Bowing de determinar puntos fijos. En los primeros tiempos no menciona la dirección de Louki. Hasta un 28 de enero no leemos: «14.00. Louki, calle de Fermat, 26, distrito XIV.» Pero el 5 de septiembre de ese mismo año ya ha cambiado de dirección: «23.40. Louki, calle de Cels, 8, distrito XIV.» Supongo que Bowing dibujaba en planos grandes de París nuestros trayectos hasta Le Condé y que el Capitán usaba para eso bolígrafos de diferentes colores. A lo mejor quería saber si había alguna probabilidad de que nos cruzásemos unos con otros antes de llegar a la meta.

Me acuerdo, precisamente, de que me encontré un día con Louki en un barrio que no conocía y al que había ido a ver a un primo lejano de mis padres. Al salir de su casa, iba camino de la boca de metro Porte-Maillot y nos cruzamos al final del todo de la avenida de La-Grande-Armée. La miré fijamente y ella también clavó en mí una mirada intranquila, como si la hubiera sorprendido en una situación comprometida. Le alargué la mano: «Nos conocemos de Le Condé», le dije; y me pareció de repente que aquel café estaba en la otra punta del mundo. Sonrió con expresión de apuro: «Sí, claro... Le Condé...» Hacía poco que había aparecido por allí por primera vez. Aún no se juntaba con los demás y Zacharias todavía no la había bautizado con el nombre de Louki. «Curioso café, Le Condé, ¿verdad?» Asintió con la cabeza como para darme la razón. Dimos unos cuantos pasos juntos y me dijo que vivía por la zona, pero que el barrio no le gustaba nada. Qué bobada, la verdad, habría podido enterarme ese día de cómo se llamaba en realidad. Nos separamos en Porte-de-Maillot, delante del metro, y miré cómo se alejaba hacia Neuilly y el bosque de Boulogne, andando cada vez más despacio como para darle a alguien la oportunidad de que la detuviera. Pensé que no volvería más a Le Condé y no sabría ya nunca de ella. Se esfumaría en eso que Bowing llamaba «el anonimato de la gran ciudad», contra el que pretendía él luchar llenando de nombres las páginas de aquel cuaderno suyo, de la marca Clairefontaine, de ciento noventa páginas y con tapas rojas plastificadas. Para ser sincero, no es que así se solucionen las cosas. Al hojear ese cuaderno, aparte de nombres y señas fugitivas, no se entera uno de nada referido a esas personas, ni referido a mí. No cabe duda de que el Capitán opinaba que no estaba ya nada mal eso de habernos nombrado y «fijado» en un sitio... Por lo demás... En Le Condé nunca nos hacíamos unos a otros preguntas acerca de nuestros orígenes. Éramos demasiado jóvenes, no teníamos pasado alguno que desvelar, vivíamos en el presente. Ni siquiera los parroquianos de más edad, Adamov, Babilée o el doctor Vala, aludían nunca a su pasado. Se contentaban con estar allí, entre nosotros. Ahora, después de tanto tiempo, es cuando lamento algo: me habría gustado que Bowing diera detalles

18

más concretos en su cuaderno y que nos hubiese dedicado a cada uno una notita biográfica. ¿Creía en serio que un nombre y una dirección bastarían, andando el tiempo, para recuperar el hilo de una vida? ¿Y sobre todo que bastaría sólo con un nombre que ni siquiera era el de verdad? «Louki. Lunes 12 de febrero. 23.00.» «Louki. 28 de abril. 14.00.» También indicaba dónde se sentaban cada día los parroquianos alrededor de las mesas. A veces ni siquiera hay nombre, ni apellido. En el mes de junio de aquel año hay tres anotaciones: «Louki con el moreno de chaqueta de ante.» O a ése no le preguntó cómo se llamaba o él no quiso contestarle. Por lo visto, el individuo no era cliente habitual. El moreno de chaqueta de ante se perdió para siempre por las calles de París y Bowing no pudo dejar fija su sombra durante unos pocos segundos. Y, además, en ese cuaderno suyo hay cosas que no son exactas. He acabado por dar con puntos de referencia que me confirman en mi impresión de que no fue en enero cuando vino Louki por primera vez a Le Condé, como parece dar a entender Bowing. La recuerdo mucho antes de aquella fecha. El Capitán sólo la menciona a partir del momento en que los demás la bautizaron con el nombre de Louki y supongo que, hasta entonces, no le había llamado la atención su presencia. Ni siquiera le correspondió un vago apunte, algo así como lo del moreno de chaqueta de ante: «14.00. Una morena de ojos verdes.»

Apareció en octubre del año anterior. He encontrado un punto de referencia en el cuaderno del Capitán: «15 de octubre. 21.00. Cumpleaños de Zacharias.

En su mesa: Annet, Don Carlos, Mireille, la Houpa, Fred, Adamov.» Lo recuerdo a la perfección. Louki estaba en esa mesa. ¿Por qué no tuvo Bowing la curiosidad de preguntarle cómo se llamaba? Los testimonios son frágiles y contradictorios, pero estoy seguro de que estaba allí aquella noche. Me llamó la atención cuanto la hacía invisible para Bowing. La timidez, los ademanes lentos, la sonrisa y, sobre todo, el silencio. Estaba al lado de Adamov. A lo mejor había venido a Le Condé por él. Yo me había cruzado muchas veces con Adamov por las inmediaciones de L'Odéon y algo más allá, en el barrio de Saint-Julien-le-Pauvre. Y en cada ocasión iba con la mano apoyada en el hombro de una joven. Un ciego que deja que lo guíen. Y, no obstante, daba la impresión de ir fijándose en todo con aquella mirada suya de perro trágico. Y, en cada ocasión, me parecía que era una joven diferente la que le hacía de guía. O de enfermera. ¿Por qué no Louki? Y, precisamente, esa noche salió de Le Condé con Adamov, los vi ir cuesta abajo por la calle desierta hacia L'Odéon. Adamov le ponía la mano en el hombro y caminaba con aquel paso mecánico suyo. Habríase dicho que a ella le daba miedo andar demasiado deprisa; y, de vez en cuando, se paraba un momento como para que él recobrase el resuello. En el cruce de L'Odéon, Adamov le dio un apretón de manos un tanto solemne y, luego, Louki se metió en el metro. Él siguió andando como un sonámbulo, como solía, en derechura hacia Saint-André-des-Arts. ¿Y ella? Sí, empezó a venir a Le Condé en otoño. Y seguro que no fue por casualidad. A mí nunca me ha parecido el otoño una estación triste. Las

20

hojas secas y los días cada vez más cortos nunca me han hecho pensar en algo que se acaba, sino más bien en una espera de porvenir. Hay electricidad en el aire de París en los atardeceres de octubre, a la hora en que va cayendo la noche. Incluso cuando llueve. No me entra melancolía a esa hora, ni tengo la sensación de que el tiempo huye. Sino de que todo es posible. El año comienza en el mes de octubre. Empiezan las clases y creo que es la estación de los proyectos. Así que si Louki vino a Le Condé en octubre fue porque había roto con toda una parte de su vida y quería hacer eso que llaman en las novelas PARTIR DE CERO. Por lo demás, hay un indicio que me demuestra que no debo de estar del todo equivocado. En Le Condé le pusieron un nombre nuevo. Y, aquel día, Zacharias habló incluso de bautismo. Había vuelto a nacer, como quien dice.

En cuanto al moreno de chaqueta de ante, por desdicha no aparece en las fotos que se hicieron en Le Condé. Una lástima. Con frecuencia resulta posible identificar a alguien por una foto. Se publica en la prensa y se piden testigos. ¿Sería acaso un miembro del grupo que Bowing no conocía y cuyo nombre le dio pereza inquirir?

Anoche, hojeé atentamente todo el cuaderno, página por página. «Louki con el moreno de chaqueta de ante.» Y, para mayor sorpresa mía, caí en la cuenta de que no fue sólo en junio cuando el Capitán mencionó a ese desconocido. En la parte de abajo de una página, garabateó deprisa y corriendo: «24 de mayo. Louki con el moreno de chaqueta de ante.» Y también está la misma anotación dos veces en abril. Una vez le

21

pregunté a Bowing por qué siempre que salía Louki había subrayado el nombre con lápiz azul, como para distinguirla de los demás. No, no había sido cosa suya. Un día que estaba sentado en la barra y tomando nota de los parroquianos presentes en el local, un hombre que estaba de pie a su lado lo sorprendió en plena tarea: un individuo de alrededor de cuarenta años, un conocido del doctor Vala. Hablaba con voz suave y fumaba rubio. Bowing se sintió a gusto con él y le habló un poco de lo que él llamaba su Libro de Oro. El otro pareció interesado. Era «editor de libros de arte». Sí, sí, y además conocía al que había estado haciendo fotos en Le Condé hacía tiempo. Tenía intención de publicar un álbum con ellas; iba a llamarse: *Un café de París*. ¿Tendría la bondad de prestarle hasta el día siguiente el cuaderno? Porque podría venirle bien para escoger los pies de foto. Al día siguiente, le devolvió el cuaderno a Bowing y nunca más volvió a aparecer por Le Condé. Al Capitán lo sorprendió que el nombre de Louki estuviera subrayado en azul siempre que salía. Quiso saber más del asunto y le hizo unas cuantas preguntas al doctor Vala acerca del editor de libros de arte. Vala se quedó sorprendido. «¿Ah, le ha dicho que era editor de libros de arte?» Lo conocía de forma muy superficial porque se había cruzado con él muchas veces en la calle de Saint-Benoît, en La Malène, y en el bar del Montana, en donde jugó incluso varias veces con él a los dados. Era un individuo que hacía tiempo que andaba por el barrio. ¿Que cómo se llamaba? Caisley. A Vala se lo veía un poco violento al hablar de él. Y cuando Bowing mencionó su cuaderno y las rayas azules debajo del nombre de Louki, al doctor le cruzó por los ojos una expresión preocupada. Fue algo muy fugitivo. Luego sonrió: «Será que le gusta la chiquita... Es tan guapa... Pero qué cosas tan raras se le ocurren a usted, llenar un cuaderno con todos esos nombres... Me hacen una gracia usted y su grupo con esos experimentos suyos de patafísica.» Lo confundía todo: la patafísica, el letrismo, la escritura automática, las metagrafías y todos los experimentos que realizaban los parroquianos más literatos de Le Condé, tales como Bowing, Jean-Michel, Fred, Babilée, Larronde o Adamov. «Y además es peligroso eso que hace –añadió el doctor Vala en tono serio–. Ese cuaderno suyo parece un libro de registro de la policía o el libro de entradas diarias de una comisaría. Es algo así como si nos hubieran pescado a todos en una redada...»

Bowing protestó e intentó explicarle su teoría de los puntos fijos, pero a partir de ese día al Capitán le dio la impresión de que Vala desconfiaba de él, e incluso de que intentaba evitarlo.

El Caisley de marras no se había limitado a subrayar el nombre de Louki. Cada vez que aparecía en el cuaderno «el moreno de chaqueta de ante» había dos rayas a lápiz azul. Todo esto alteró mucho a Bowing, que anduvo rondando la calle de Saint-Benoît en los días posteriores con la esperanza de toparse con el supuesto editor de libros de arte en La Malène o en Le Montana y pedirle explicaciones. Nunca volvió a verlo. Y él tuvo que irse de Francia tiempo después y me dejó el cuaderno, como si quisiera que yo reanudase la búsqueda. Pero ahora es ya demasiado tarde. Y, además, si toda aquella época sigue aún muy viva en mi recuerdo se debe a las preguntas que se quedaron sin respuesta.

En las horas bajas del día, al volver de la oficina y, muchas veces, en la soledad de los domingos por la noche, me vuelve algún detalle. Me fijo mucho e intento reunir más y anotarlos al final del cuaderno de Bowing, en las páginas que se quedaron en blanco. Yo también empiezo a buscar puntos fijos. Es un pasatiempo, lo mismo que otros hacen crucigramas o solitarios. Los nombres y las fechas del cuaderno de Bowing me resultan de gran utilidad; de vez en cuando me traen al recuerdo un acontecimiento concreto, una tarde de lluvia o de sol. Siempre he sido muy sensible a las estaciones. Una noche, Louki entró en Le Condé con el pelo chorreando por culpa de un chaparrón, o, más bien, de esas lluvias interminables de noviembre o de principios de la primavera. Aquel día, la señora Chadly estaba detrás de la barra. Subió al primer piso, a su diminuto apartamento, por una toalla. Como indica el cuaderno, estaban juntos en la misma mesa, aquella noche, Zacharias, Annet, Don Carlos, Mireille, la Houpa, Fred y Maurice Raphaël. Zacharias cogió la toalla y le frotó el pelo a Louki antes de anudársela en la cabeza como un turbante. Ella se sentó a su mesa, le hicieron tomar un grog y se quedó con ellos hasta muy tarde, con el turbante. Cuando nos fuimos de Le Condé, a eso de las dos de la mañana, no había dejado de llover. Nos quedamos en el marco de la puerta de la calle y Louki seguía con el turbante.

24

La señora Chadly había apagado las luces y se había ido a la cama. Abrió la ventana del entresuelo y nos propuso que subiéramos a su casa a guarecernos. Pero Maurice Raphaël le dijo, muy galante: «De ninguna manera... No podemos quitarla de dormir...» Era un hombre guapo, moreno, mayor que nosotros, un cliente asiduo de Le Condé a quien Zacharias llamaba «el Jaguar» porque andaba y se movía con ademanes felinos. Tenía publicados varios libros, igual que Adamov y Larronde, pero nunca hablábamos de ellos. Flotaba un misterio alrededor de ese hombre e incluso llegábamos a pensar que tenía que ver con el hampa. Arreció la lluvia, una lluvia de monzón, pero a los demás no les importaba, porque vivían en el barrio. Un momento después ya no quedábamos bajo el dintel más que Louki, Maurice Raphaël y yo. «Si quieren que los lleve a casa en coche», propuso Maurice Raphaël. Fuimos calle abajo corriendo bajo la lluvia, hasta donde tenía aparcado el coche, un Ford negro viejo. Louki se sentó a su lado y yo en la parte de atrás. «¿A quién dejo primero?», preguntó Maurice Raphaël. Louki le dijo la calle en que vivía y especificó que estaba más allá del cementerio de Montparnasse. «Pues entonces vive usted en el limbo», dijo él. Y creo que ni Louki ni yo entendimos a qué se refería con eso de «el limbo». Le pedí que me dejara pasadas las verjas de Le Luxembourg, en la esquina con la calle Val-de-Grâce. No quería que supiera mi domicilio exacto por temor a que me hiciera alguna pregunta.

Les di la mano a Louki y a Maurice Raphaël mientras me decía que ninguno de los dos sabía cómo me llamaba yo de nombre. Era un parroquiano muy discreto de Le Condé y siempre me quedaba un poco aparte y me contentaba con escuchar lo que decían todos los demás. Me bastaba. Me encontraba a gusto con ellos. Le Condé era para mí un refugio contra todo lo que preveía que traería la grisura de la vida. Habría una parte de mí mismo –la mejor– que algún día no me quedaría más remedio que dejar allí.

–Hace usted bien en vivir en el barrio de Val-de-Grâce –me dijo Maurice Raphaël.

Me sonreía y con esa sonrisa parecía expresar a un tiempo amabilidad e ironía.

–Hasta pronto –me dijo Louki.

Bajé del coche y esperé a que se perdiera de vista, camino de Port-Royal, antes de desandar lo andado. En realidad no vivía en Val-de-Grâce propiamente dicho, sino algo antes, en el número 85 del bulevar Saint-Michel, donde, por un milagro, había encontrado una habitación nada más llegar a París. Desde la ventana veía la fachada negra de mi escuela. Aquella noche no podía apartar los ojos de aquella fachada monumental y de la gran escalera de piedra de la entrada. ¿Qué pensarían los demás si se enteraban de que subía casi a diario por esa escalera y que era alumno de la Escuela Superior de Minas? Zacharias, La Houpa, Ali Cherif o Don Carlos ¿sabían acaso con exactitud qué era la Escuela de Minas? Tenía que guardarlo en secreto porque si no a lo mejor se reían de mí o desconfiaban. ¿Qué representaba para Adamov, Larronde o Maurice Raphaël la Escuela de Minas? Seguramente nada. Me aconsejarían que no vol-

26

viera por aquel sitio. Si pasaba mucho tiempo en Le Condé era porque quería que me dieran ese consejo de una vez para siempre. Louki y Maurice Raphaël debían de haber llegado ya al otro lado del cementerio de Montparnasse, a esa zona que él llamaba «el limbo». Y yo seguía allí, a oscuras, de pie y pegado a la ventana, mirando la fachada negra. Podría haber sido la estación fuera de servicio de una ciudad de provincias. En los muros del edificio vecino, me habían llamado la atención unas huellas de balas, como si allí hubiesen fusilado a alguien. Me repetía en voz baja aquellas cuatro palabras que me parecían cada vez más insólitas: ESCUELA SUPERIOR DE MINAS.

Tuve la suerte de que aquel joven fuera vecino mío de mesa en Le Condé y trabásemos conversación de forma tan espontánea. Era la primera vez que iba yo a ese local y, por edad, podía ser su padre. El cuaderno en que ha ido llevando, día tras día y noche tras noche, durante los últimos tres años, el repertorio de los clientes de Le Condé me facilitó el trabajo. Siento haberle ocultado la razón exacta por la que quería consultar ese documento que tuvo la amabilidad de prestarme. Pero ¿le mentí acaso cuando le dije que era editor de libros de arte?

Me di cuenta perfectamente de que me creía. Es la ventaja de llevarles veinte años a los demás: no saben nada del pasado de uno. Y aun cuando te hagan algunas preguntas distraídas acerca de lo que hasta ahora ha sido de tu vida, te lo puedes inventar todo. Una vida nueva. No harán comprobaciones. Según vas contando esa vida imaginaria, fuertes ráfagas de aire fresco cruzan por un lugar en el que llevabas mucho tiempo asfixiándote. Se abre una ventana de repente y el aire de alta mar hace que golpeen las contraventanas. Vuelves a tener el porvenir entero por delante.

Editor de libros de arte. Se me ocurrió sin pensar. Si me hubieran preguntado, hace más de veinte años, qué quería ser, habría tartamudeado: editor de libros de arte. Bueno, pues esta vez lo dije. Nada cambió. Todos esos años quedaron abolidos.

Sólo que no hice del todo tabla rasa del pasado. Quedan unos cuantos testigos, unos cuantos supervivientes de entre los que fueron contemporáneos nuestros. Una noche, en El Montana, le pregunté al doctor Vala su fecha de nacimiento. Somos del mismo año. Y le recordé que nos habíamos conocido tiempo ha en ese mismo bar, cuando el barrio estaba aún en todo su esplendor. Y, además, me daba la impresión de que me había cruzado con él mucho antes, en otros barrios de París, en la orilla derecha del Sena. Estaba incluso seguro de ello. Vala pidió, con voz seca, una botella pequeña de Vittel, interrumpiéndome en el preciso momento en que a lo mejor podría yo haber sacado a relucir recuerdos desagradables. Me callé. Vivimos a merced de ciertos silencios. Sabemos mucho unos de otros. Así que hacemos por no encontrarnos. Lo mejor, por supuesto, es perderse de vista definitivamente.

Curiosa coincidencia... Volví a encontrarme con Vala aquella tarde en que crucé por primera vez el umbral de Le Condé. Estaba sentado en una mesa del fondo con dos o tres jóvenes. Me lanzó la mirada intranquila del *bon vivant* que se topa con un espectro. Le sonreí. Le di la mano sin decir nada. Noté que la menor palabra que pudiera decir yo corría el riesgo de hacer que se sintiera incómodo frente a sus nuevos amigos. Mi silencio y mi discreción parecieron aliviarlo cuando me senté en el diván de cuero de imitación, en la otra punta del local. Desde allí, podía observarlo sin que nos cruzásemos la mirada. Hablaba a los jóvenes en voz baja, inclinándose hacia ellos. ¿Temía que oyese yo lo que les estaba diciendo? Entonces, por pasar el tiempo, me estuve imaginando todas las frases que podría haber dicho en tono falsamente mundano y le habrían cubierto la frente de gotas de sudor: «¿Sigue usted ejerciendo de matasanos?» Y, tras una pausa: «Oiga, ¿sigue teniendo la consulta en el muelle de Louis-Blériot? ¿O ha conservado la de la calle de Moscou...? Y aquella temporada en Fresnes,* hace ya tanto, espero que no tuviera demasiadas consecuencias...» Estuve a punto de soltar una carcajada, allí solo, en mi rincón. No envejecemos. Con el paso de los años, muchas personas y muchas cosas acaban por parecernos tan cómicas e irrisorias que las miramos con ojos de niño.

En esta primera ocasión, estuve mucho tiempo esperándola en Le Condé. No se presentó. Había que ser paciente. En otra ocasión sería. Me dediqué a observar a los parroquianos. La mayoría no pasaban de

* La cárcel de Fresnes, en las afueras de París. *(N. de la T.)*

30

los veinticinco años y un novelista del siglo XIX habría citado, refiriéndose a ellos, a la «bohemia estudiantil». Pero me parece que muy pocos debían de estar matriculados en La Sorbona o en la Escuela de Minas. Debo admitir que, al verlos de cerca, me preocupaba su porvenir. Entraron dos hombres, con un intervalo muy breve. Adamov y aquel individuo moreno de andares dúctiles que había firmado unos cuantos libros con el nombre de Maurice Raphaël. Conocía a Adamov de vista. Hace tiempo, iba a diario al Old Navy, y tenía una mirada que no se podía olvidar. Creo que le hice algún favor para que pudiera regularizar su situación, en los tiempos en que yo tenía aún algo que ver con la Dirección Central de Informaciones Generales. En cuanto a Maurice Raphaël, también era un cliente habitual de los bares del barrio. Había quien decía que tuvo algún problema después de la guerra, con un nombre diferente. Por aquel entonces, yo trabajaba para Blémant. Ambos fueron a ponerse de codos en la barra. Maurice Raphaël se quedó de pie, muy tieso; y Adamov se subió a un taburete con una mueca de dolor. No se había fijado en mí. Por lo demás, ¿le recordaría algo aún mi cara? Fueron a reunirse con ellos en la barra tres jóvenes, dos muchachos y un chica rubia que llevaba una gabardina muy sobada e iba peinada con flequillo. Maurice Raphaël les alargaba un paquete de cigarrillos y los miraba con sonrisa divertida. Adamov se tomaba menos confianzas. Por la mirada intensa que ponía, se habría podido pensar que lo asustaban un poco.

31

Llevaba en el bolsillo dos fotos de fotomatón de aquella Jacqueline Delanque... En los tiempos en que trabajaba para Blémant, siempre lo sorprendía la facilidad que tenía yo para identificar a cualquiera. Me bastaba con cruzarme sólo una vez con una cara para que se me quedase grabada en la memoria, y Blémant me gastaba bromas acerca de aquel don para reconocer en el acto a una persona desde lejos, aunque estuviera de medio perfil e incluso de espaldas. Así que no estaba nada preocupado. En cuanto entrase en Le Condé, sabría que era ella.

El doctor Vala se volvió hacia la barra y nos cruzamos la mirada. Hizo un gesto amistoso con la mano. De repente me entraron ganas de ir hasta su mesa y decirle que tenía que hacerle una pregunta confidencial. Podría habérmelo llevado aparte y haberle enseñado las fotos: «¿La conoce?» La verdad es que me habría resultado útil saber algo más de aquella chica por boca de uno de los parroquianos de Le Condé.

Fui a su hotel en cuanto supe la dirección. Escogí las horas bajas de la tarde. Había más probabilidades de que hubiera salido. O, al menos, eso esperaba. Así podría preguntar en recepción unas cuantas cosas acerca de ella. Era un día de otoño soleado y había decidido ir a pie. Empecé el camino en los muelles y me fui metiendo poco a poco tierra adentro. En la calle de Le-Cherche-Midi me daba el sol en los ojos. Entré en Le Chien qui fume y pedí un coñac. Me sentía ansioso. Miraba, desde detrás del cristal, la avenida de Le Maine. Tenía que tirar por la acera de la izquierda y llegaría a la meta. No había razón alguna para estar ansioso. Según iba por la avenida, recobré la calma. Estaba casi del todo seguro de que no estaría y, además, esta vez no iba a entrar en el hotel para hacer preguntas. Lo rondaría, como se hace en una localización. Tenía por delante todo el tiempo que quisiera. Era mi trabajo.

Cuando llegué a la calle de Cels decidí salir de dudas. Una calle tranquila y gris que me recordó no un pueblo, o un suburbio, sino una de esas zonas misteriosas a las que se da el nombre de «tierras del interior». Me fui derecho a la recepción del hotel. No había nadie. Aguardé alrededor de diez minutos, con la esperanza de que no apareciese ella. Se abrió una puerta y una mujer morena con el pelo corto y toda vestida de negro se acercó al mostrador de recepción. Dije con voz amable:

–Busco a Jacqueline Delanque.

Pensaba que se habría registrado con el nombre de soltera.

Me sonrió y cogió un sobre de uno de los casilleros que tenía detrás.

–¿Es usted el señor Roland?

¿Quién era el individuo aquel? Asentí más o menos con la cabeza, por si acaso. Me alargó el sobre en el que ponía, escrito en tinta azul: *Para Roland*. El sobre no estaba cerrado. En una hoja grande de papel leí:

Roland, estaré en Le Condé, ven a partir de las 5. O, si no, llámame a AUTEUIL 15-28 y déjame un recado.

Firmaba Louki. ¿Un diminutivo de Jacqueline?

Doblé la hoja, la metí en el sobre y se lo devolví a la mujer morena.

–Disculpe... Ha habido un error... No es para mí.

No se inmutó y colocó la carta en el casillero con un ademán maquinal.

–¿Hace mucho que vive aquí Jacqueline Delanque?

Titubeó un momento y me contestó con tono afable:

–Alrededor de un mes.

–¿Sola?

–Sí.

La notaba indiferente y dispuesta a responder a cuanto le preguntase. Clavaba en mí una mirada en la que había un gran cansancio.

–Muy agradecido –le dije.

–No hay de qué.

Prefería no entretenerme más. El tal Roland podía estar al llegar. Volví a la avenida de Le Maine y la anduve en sentido contrario al de hacía un rato. En Le Chien qui fume pedí otro coñac. Busqué en la guía la dirección de Le Condé. Estaba en el barrio de L'Odéon. Las cuatro de la tarde; tenía algo de tiempo por delante. Así que llamé a AUTEUIL 15-28. Una voz seca, que me recordó la de la información horaria: «Taller La Fontaine. ¿En qué puedo servirle?» Pregunté por Jacqueline Delanque. «Ha salido un momento... ¿Quiere dejarle un recado?» Me entró la tentación de colgar, pero me forcé a contestar: «No, muchas gracias.»

34

Lo primero es fijar del modo más exacto posible los itinerarios de las personas, para entenderlas mejor. Me iba repitiendo en voz baja: «Hotel de la calle Cels. Taller La Fontaine. Café Condé. Louki.» Y, luego, ese tramo de Neuilly, entre el bosque de Boulogne y el Sena, donde me citó aquel individuo para hablarme de su mujer, llamada Jacqueline Choureau, de soltera Delanque.

No me acuerdo de quién le había aconsejado que recurriera a mí. Da lo mismo. Seguramente debió de encontrar mi dirección en la guía. Tomé el metro mucho antes de la hora de la cita. Era línea directa. Me bajé en Sablons y anduve durante casi media hora por las inmediaciones. Acostumbro a pasarle revista a la zona sin meterme enseguida en el meollo del asunto. Antes, Blémant me lo reprochaba y opinaba que era una pérdida de tiempo. Lo que hay que hacer es tirarse al agua, me decía, en vez de andar rondando el borde de la piscina. Yo opinaba lo contrario. Nada de ademanes demasiado bruscos, sino pasividad y morosidad, con lo cual deja uno que se le meta dentro, despacio, el espíritu de la zona.

Flotaba en el aire un aroma a otoño y a campo. Fui siguiendo la avenida que corre a lo largo del Jardín de Aclimatación, pero por el lado de la izquierda, el del bosque y el camino para jinetes; y me habría gustado que aquello fuera un simple paseo.

El Jean-Pierre Choureau aquel me había llamado por teléfono con voz inexpresiva para quedar conmigo. Se limitó a darme a entender que se trataba de su mujer. Según me iba acercando a su domicilio, me lo imaginaba caminando como yo, siguiendo el camino para jinetes y dejando atrás el picadero del Jardín de Aclimatación. ¿Qué edad tendría? Me había parecido que tenía un timbre de voz juvenil, pero las voces siempre resultan engañosas.

¿A qué drama o a qué infierno conyugal iba a arrastrarme? Notaba que me invadía el desaliento y no estaba ya muy seguro de querer acudir a aquella cita. Me interné en el bosque, cruzándolo en dirección al estanque Saint-James y del lago pequeño al que acudían los patinadores en invierno. Era el único paseante y me daba la impresión de estar lejos de París, allá por Sologne. Conseguí una vez más sobreponerme al desaliento. Una vaga curiosidad profesional me movió a interrumpir el paseo a bosque traviesa y volver a la linde de Neuilly. Sologne. Neuilly. Me imaginaba largas tardes de lluvia para los Choureau aquellos, en Neuilly. Y, allá, en Sologne, se oían las trompas de caza al crepúsculo. ¿Montaba ella a mujeriegas? Me eché a reír al acordarme del comentario de Blémant: «Usted, Caisley, arranca demasiado deprisa. Habría debido dedicarse a escribir novelas.»

Vivía al final del todo, en la Puerta de Madrid, en un edificio moderno con un portal grande y acristalado. Me había dicho que entrase hasta el fondo y a la izquierda y que vería su nombre en la puerta. «Es un piso en la planta baja.» Me sorprendió la tristeza con la que dijo «planta baja». Vino, luego, un silencio prolongado, como si se arrepintiese de aquella confesión.

—¿Y cuál es la dirección exacta? —le pregunté.

—Avenida de Bretteville, 11. ¿Lo ha apuntado bien? El 11... ¿Le viene bien a las cuatro?

Tenía ahora la voz más firme y casi se le notaba una entonación mundana.

Una plaquita dorada en la puerta: Jean-Pierre Choureau. Debajo, vi una mirilla. Llamé. Y me quedé esperando. En aquel portal desierto y silencioso, me dije que llegaba demasiado tarde. Que se había suicidado. Me avergoncé de haber pensado eso y volvieron a entrarme ganas de mandarlo todo a la porra y de salir de aquel portal y seguir paseando al aire libre, por Sologne. Volví a llamar; esta vez di tres timbrazos breves. La puerta se abrió en el acto, como si hubiera estado detrás, observándome por la mirilla.

Un hombre moreno de unos cuarenta años, con el pelo corto y mucho más alto que la media. Llevaba un traje azul marino y una camisa azul cielo con el cuello abierto. Me condujo hacia lo que podría llamarse el cuarto de estar, sin decir palabra. Me indicó un sofá, detrás de una mesa baja, y nos sentamos uno al lado del otro. Le costaba hablar. Para que dejara de sentirse violento, le dije con el tono de voz más suave que pude: «¿Así que se trata de su mujer?»

Intentaba hablar despreocupadamente. Me lanzaba una sonrisa apagada. Sí, su mujer había desaparecido hacía dos meses, después de una pelea trivial. ¿Era yo la primera persona con quien hablaba después de esa desaparición? El cierre metálico de una de las cristaleras estaba bajado y me pregunté si aquel hombre se había enclaustrado en su piso durante dos meses. Pero, dejando de lado el cierre, no había rastro alguno de desorden ni de dejadez en aquel cuarto de estar. Y él, tras un momento de vacilación, iba adquiriendo cierta seguridad.

–Quiero que esta situación se aclare lo antes posible –acabó por decirme.

Lo miré de más cerca. Ojos muy claros y cejas negras, pómulos altos, perfil correcto. Y, en el porte y los ademanes, una energía deportiva que acentuaba el pelo corto. Era fácil imaginarlo a bordo de un velero, con el torso al aire, navegando en solitario. Y, pese a tanta firmeza y seducción aparentes, su mujer lo había dejado.

Quise saber si durante todo aquel tiempo había intentado localizarla. No. Ella lo había llamado por teléfono dos o tres veces para confirmarle que no pensaba volver. Le desaconsejaba con vehemencia que intentase establecer contacto con ella y no le daba explicación alguna. Tenía una voz diferente. Ya no era la misma persona. Una voz muy sosegada, muy segura, que lo dejaba completamente desconcertado. Se llevaba con su mujer casi quince años. Ella tenía veintidós y él, treinta y seis. Según me iba dando esos detalles, notaba en él una reserva, una frialdad incluso, que era sin duda fruto de eso que se llama buena educación. Ahora tenía que hacerle preguntas cada vez más concretas y no sabía si merecía la pena. ¿Qué quería exactamente? ¿Que volviera su mujer? ¿O intentaba sencillamente saber por qué lo había dejado? ¿A lo mejor le bastaba con eso? Aparte del sofá y de la mesa baja, no había ningún mueble en el cuarto de estar. Los ventanales daban a la avenida, por donde pasaban muy pocos coches, de modo que no resultaba molesto que el piso estuviera en la planta baja. Iba cayendo la tarde. Encendió la lámpara de tres patas y pantalla roja que estaba junto al sofá, a mi derecha. La luz me obligó a guiñar los ojos; era una claridad blanca que hacía que el silencio pareciera aún más profundo. Creo que estaba esperando mis preguntas. Se había cruzado de piernas. Para ganar tiempo, saqué del bolsillo interior de la chaqueta el bloc y el bolígrafo y tomé unas cuantas notas: «Él, 36 años. Ella, 22. Neuilly. Piso en la planta baja. No hay muebles. Ventanales que dan a la avenida de Bretteville. No pasan coches. Unas cuantas revistas encima de la mesa baja.» Esperaba sin decir nada, como si yo fuera un médico que estuviera escribiendo una receta.

–¿Apellido de soltera de su mujer?

–Delanque. Jacqueline Delanque.

Le pregunté fecha y lugar de nacimiento de la tal Jacqueline Delanque. Y también la fecha en que se habían casado. ¿Tenía permiso de conducir? ¿Y un trabajo regular? No. ¿Le quedaba familia? ¿En París? ¿En provincias? ¿Un talonario de cheques? A medida que me respondía, con voz triste, yo iba tomando nota de todos esos detalles que muchas veces son los únicos que dan testimonio de que una persona viva ha pasado por la tierra. A condición de que se encuentre un día el bloc donde alguien los anotó con una letra pequeña y que cuesta leer, como la mía.

Ahora tenía que llegar a preguntas más delicadas, de esas que lo introducen a uno en la intimidad de un ser sin pedirle permiso. ¿Con qué derecho?

–¿Tiene usted amigos? Sí, había unas cuantas personas a las que veía con bastante regularidad. Las había conocido en una escuela de comercio. Y algunos, además, habían sido compañeros de estudios en el liceo Jean-Baptiste-Say. Incluso había intentado montar un negocio con tres de ellos antes de entrar a trabajar en la sociedad inmobiliaria Zannetacci, como socio gerente.

–¿Sigue usted trabajando ahí?

–Sí, en el número 20 de la calle de La Paix. ¿Qué medio de locomoción usaba para ir a trabajar? Todos los detalles, incluso el más inane en apariencia, resultan reveladores. Iba en coche. De vez en cuando hacía viajes de trabajo. Lyon. Burdeos. La Costa Azul. Ginebra. ¿Y Jacqueline Choureau, de soltera Delanque, se quedaba sola en Neuilly? A veces se la había llevado, cuando había ido a la Costa Azul. Y si se quedaba sola, ¿a qué se dedicaba? ¿No había realmente nadie que pudiera proporcionarle una información cualquiera referida a la desaparición de Jacqueline, señora de Choureau, Delanque de soltera, y de darle el menor indicio? «No sé, una confidencia que le hubiera hecho a alguien un día en que hubiese estado deprimida...» No. Nunca le habría contado intimidades a nadie. Le reprochaba con frecuencia lo poco originales que eran sus amigos. También es verdad que todos le llevaban quince años.

Llegaba ahora a una pregunta que me agobiaba

de antemano, pero que no me quedaba más remedio que hacer:

–¿Cree usted que tenía un amante?

Mi propio tono de voz me pareció un tanto brusco y algo bobo. Pero así eran las cosas. Frunció el entrecejo.

–No.

Titubeó, me miraba a los ojos como si esperase que yo le diera ánimos o si estuviera buscando las palabras. Una noche, uno de sus ex amigos de la Escuela de Comercio vino a cenar aquí con un tal Guy de Vere, un hombre mayor que ellos. Aquel Guy de Vere era muy versado en ciencias ocultas y propuso traerles unas cuantas obras sobre el tema. Su mujer asistió a varias reuniones e incluso a algo así como unas conferencias que daba con regularidad el tal Guy de Vere. Él no había podido acompañarla porque era una temporada de mucho trabajo en las oficinas de Zannetacci. A su mujer le interesaban aquellas reuniones y aquellas conferencias y solía hablarle de ellas, aunque él no acababa de entender de qué iba la cosa. Le prestó, de entre los libros que le había aconsejado Guy de Vere, el que le parecía más fácil de leer. Se llamaba *Horizontes perdidos*. ¿Entró en contacto con Guy de Vere después de la desaparición de su mujer? Sí, lo llamó por teléfono varias veces, pero no sabía nada. «¿Está seguro?» Se encogió de hombros y clavó en mí una mirada cansada. El Guy de Vere aquel había sido muy evasivo y se dio cuenta de que no podría sacarle ninguna información. ¿Nombre exacto y dirección de ese hombre? No sabía su dirección. Y no venía en la guía de teléfonos.

41

Yo andaba buscando qué más preguntas podía hacerle. Hubo un silencio, pero no pareció molestarlo. Sentados juntos en aquel sofá, estábamos en la sala de espera de un dentista o de un médico. Paredes blancas y desnudas. Un retrato de mujer colgado encima del sofá. Estuve a punto de coger una de las revistas de la mesa baja. Me invadió una sensación de vacío. Debo decir que en aquel momento notaba la ausencia de Jacqueline Choureau, de soltera Delanque, de una forma tal que me parecía definitiva. Pero no era cosa de ser pesimista desde el primer momento. Y, además, ¿este cuarto de estar no daba la misma impresión de vacío cuando estaba presente aquella mujer? ¿Cenaban allí? Entonces sería seguramente en una mesa de bridge que, luego, se doblaba y se guardaba. Quise saber si se había marchado en un arrebato, dejándose unas cuantas cosas. No. Se había llevado su ropa y los libros que le había prestado Guy de Vere, todo ello metido en una maleta de cuero granate. Aquí no quedaba ya ni rastro de ella. Incluso las fotos en que salía –unas pocas fotos de vacaciones– habían desaparecido. Por la noche, solo en el piso, se preguntaba si había estado casado alguna vez con aquella Jacqueline Delanque. La única prueba de que todo aquello no había sido un sueño era el libro de familia que les entregaron después de la boda. Libro de familia. Repitió esas palabras como si no entendiera ya qué querían decir.

Era inútil que fuera a ver las otras habitaciones del piso. Dormitorios vacíos. Armarios empotrados vacíos. Y el silencio, que apenas turbaba el paso de algún coche por la avenida de Bretteville. Las veladas debían de hacerse largas.

—¿Se llevó la llave?

Él negó con la cabeza. Ni siquiera existía la esperanza de oír una noche, en la cerradura, el ruido de la llave que anunciaba su regreso. Y, además, creía que nunca más llamaría por teléfono.

—¿Cómo la conoció?

La contrataron en Zannetacci para sustituir a una empleada. Un trabajo de secretaria interina. Él le dictó unas cartas para unos cuantos clientes y así fue como se conocieron. Se vieron fuera de la oficina. Le dijo que estudiaba en la Escuela de Lenguas Orientales, donde iba a clase dos días por semana; pero nunca pudo saber qué lengua concreta estudiaba. Lenguas asiáticas, decía ella. Y, al cabo de dos meses, se casaron en el Ayuntamiento de Neuilly y actuaron como testigos dos colegas de la empresa Zannetacci. No asistió nadie más a lo que él consideraba un mero trámite. Fueron a comer con los testigos muy cerca de la casa, en la orilla del bosque de Boulogne, en un restaurante al que solían ir los clientes de los picaderos próximos.

Me miraba con ojos apurados. Por lo visto, le habría gustado darme explicaciones más extensas acerca de aquella boda. Le sonreí. No necesitaba explicaciones. Hizo un esfuerzo, como si se arrojase al agua:

—Uno intenta crearse vínculos, ya me entiende...

Sí, claro que lo entendía. En esa vida que, a veces, nos parece como un gran solar sin postes indicadores, en medio de todas las líneas de fuga y de los

43

horizontes perdidos, nos gustaría dar con puntos de referencia, hacer algo así como un catastro para no tener ya esa impresión de navegar a la aventura. Y entonces creamos vínculos, intentamos que sean más estables los encuentros azarosos. Yo callaba, con la vista fija en la pila de revistas. En el centro de la mesa baja, un cenicero grande con un letrero: Cinzano. Y un libro en rústica que se llamaba: *Adiós, Focolara*. Zannetacci, Jean-Pierre Choureau, Cinzano, Jacqueline Delanque, Ayuntamiento de Neuilly, Focolara. Y había que encontrarle un sentido a todo aquello...

—Y además era alguien que tenía mucho encanto... Para mí fue un flechazo...

No bien hizo esa confidencia en voz baja pareció arrepentirse. En los días anteriores a la desaparición, ¿le había notado algo de particular? Pues sí, cada vez le hacía más reproches en lo referido a su vida cotidiana. La vida de verdad no era eso, decía. Y cuando él le preguntaba en qué consistía exactamente la VIDA DE VERDAD, ella se encogía de hombros, sin contestar, como si supusiera que no iba a enterarse de nada de lo que le explicase. Y, luego, recuperaba la sonrisa y el buen talante y casi se disculpaba por haberse puesto de mal humor. Ponía cara de resignación y le decía que en el fondo todo aquello no tenía mayor importancia. A lo mejor algún día entendía qué era la VIDA DE VERDAD.

—¿Seguro que no tiene ninguna foto de ella?

Una tarde iban paseando por la orilla del Sena. Él pensaba coger el metro en Châtelet para ir a la oficina. En el bulevar de Le Palais pasaron delante de la tiendecita de fotos de carnet. Ella necesitaba hacerse fotos para renovar el pasaporte. Él la esperó en la acera. Al salir, le dio las fotos porque le dijo que igual las perdía. Cuando llegó a la oficina, metió las fotos en un sobre y se le olvidó llevárselas a Neuilly. Tras la desaparición de su mujer, se dio cuenta de que allí seguía el sobre, en su despacho, entre otros documentos administrativos.

–¿Me espera un momento?

Me dejó solo en el sofá. Ya había oscurecido. Miré el reloj y me sorprendió que las agujas marcasen sólo las seis menos cuarto. Me daba la impresión de que llevaba allí muchísimo más tiempo.

Dos fotos en un sobre gris en el que, a la izquierda, estaba impreso: «Immobilière Zannetacci (France), 20, rue de la Paix, Paris Ier». Una foto de frente y otra de perfil, como les pedían antes en la jefatura de policía a los forasteros. Y eso que el apellido: Delanque, y el nombre: Jacqueline, no podían ser más franceses. Dos fotos que tenía cogidas entre el pulgar y el índice y que miré en silencio. Pelo negro, ojos claros y uno de esos perfiles tan puros que prestan encanto incluso a las fotos antropométricas. Y aquéllas tenían toda la grisura y la frialdad de las fotos antropométricas.

–¿Me las deja una temporada? –le pregunté.

–Sí, claro.

Me metí el sobre en un bolsillo de la chaqueta.

Llega un momento en que ya no hace falta oír a nadie. Él, Jean-Pierre Choureau, ¿qué sabía en realidad de Jacqueline Delanque? No gran cosa. Apenas

45

habían vivido un año juntos en aquella planta baja de Neuilly. Se sentaban juntos en aquel sofá, cenaban uno frente a otro y, a veces, con los antiguos amigos de la Escuela de Comercio y del liceo Jean-Baptiste-Say. ¿Basta eso para intuir todo cuanto sucede en la cabeza de alguien? ¿Veía ella aún a gente de su familia? Hice un último esfuerzo para preguntárselo.

–No. Ya no le quedaba familia.

Me puse de pie. Me lanzó una mirada intranquila. Seguía sentado en el sofá.

–Tengo que irme ya –le dije–. Es tarde.

Le sonreí, pero parecía realmente sorprendido de que quisiera dejarlo.

–Lo llamaré lo antes posible –le dije–. Espero poder darle noticias pronto.

Se levantó a su vez, con ese ademán de sonámbulo con el que, hacía un rato, me había guiado hasta el cuarto de estar. Se me vino a la cabeza una última pregunta:

–¿Se llevó dinero al irse?

–No.

–¿Y cuando lo llamaba, después de la huida, no le aclaraba nada acerca de cómo vivía?

–No.

Andaba hacia la puerta de la calle con aquel paso tieso que tenía. ¿Podía contestar aún a mis preguntas? Abrí la puerta. Estaba detrás de mí, petrificado. No sé qué vértigo me entró, qué ráfaga de amargura, pero le dije con tono agresivo:

–Seguro que tenía usted la esperanza de envejecer con ella...

46

¿Fue para despertarlo de aquel entumecimiento, de aquel abatimiento? Abrió unos ojos como platos y me miró asustado. Yo estaba en el vano de la puerta. Me acerqué a él y le puse la mano en el hombro.

—No dude en telefonearme. A cualquier hora.

Se le relajó la cara. Tuvo fuerzas para sonreír. Antes de cerrar la puerta, me saludó con el brazo. Me quedé mucho rato en el descansillo y se apagó la luz de las escaleras. Me lo imaginaba sentándose solo en el sofá, en el mismo sitio que antes. Con gesto maquinal, cogía una de las revistas apiladas encima de la mesa baja.

Fuera, era de noche. No se me iba de la cabeza aquel hombre, en su planta baja y con la luz cruda de la lámpara. ¿Tomaría algo antes de irse a la cama? Me preguntaba si tendría cocina. Debería haberlo invitado a cenar. A lo mejor, sin que le preguntase yo nada, habría dicho una palabra, habría hecho una confesión que me hubiese hecho dar antes con la pista de Jacqueline Delanque. Blémant me repetía siempre que a todos los individuos, incluso al más obcecado, les llega un momento en que «cantan de plano»: era la expresión que usaba siempre. Nos correspondía a nosotros esperar ese momento con muchísima paciencia, intentando provocarlo, claro, pero de forma casi insensible. Blémant decía «con alfilerazos sutiles». La impresión que tiene que darle al individuo es que está ante un confesor. Resulta difícil. Ahí se ve el oficio. Había llegado a la Puerta de Maillot y quería seguir

47

andando algo más, en la tibieza de la noche. Por desgracia, los zapatos nuevos me hacían muchísimo daño en el empeine. Así que, al llegar a la avenida, me metí en el primer café y escogí una de las mesas próximas a la cristalera. Me desaté los zapatos y me quité el del pie izquierdo, que era el que más daño me hacía. Cuando vino el camarero, no me resistí al breve instante de olvido y dulzura que iba a darme un Izarra verde.

Me saqué del bolsillo el sobre y estuve mirando mucho rato las dos fotos de carnet. ¿Dónde estaría ahora? ¿En un café, como yo, sentada sola a una mesa? Seguramente se me ocurría eso por la frase que había dicho él hacía un rato: «Uno intenta crear vínculos...» Encuentros en una calle, en una estación de metro en hora punta. En momentos de ésos habría que sujetarse mutuamente con unas esposas. ¿Qué vínculo podría resistir a esa oleada que nos arrastra y nos lleva a la deriva? Un despacho anónimo en donde dictamos una carta a una taquimecanógrafa interina, una planta baja de Neuilly cuyas paredes blancas y vacías recuerdan a eso que se llama «un piso piloto» y en donde no dejaremos rastro alguno de nuestro paso... Dos fotos de fotomatón, una de frente, la otra de perfil... ¿Y con eso es con lo que hay que crear vínculos? Había alguien que podía ayudarme a buscar: Bernolle. No había vuelto a verlo desde los tiempos de Blémant, salvo una tarde, hacía tres años. Iba a coger el metro y pasaba por delante de Notre-Dame. Algo así como un vagabundo salió del hospital Hôtel-Dieu, y nos cruzamos. Llevaba una gabardina con las mangas rotas, un pantalón que sólo le llegaba al tobillo y unas sandalias viejas sin calcetines. Iba sin afeitar y tenía la melena negra demasiado larga. Sin embargo, lo reconocí, Bernolle. Lo seguí con intención de hablar con él. Pero andaba deprisa. Entró por la puerta grande de la jefatura de policía. Titubeé un momento. Era demasiado tarde para alcanzarlo. Entonces, decidí esperarlo en la acera. A fin de cuentas, habíamos sido jóvenes a un tiempo. Salió por la misma puerta con un abrigo azul marino, un pantalón de franela y zapatos negros de cordones. No era ya el mismo hombre. Pareció molesto cuando me acerqué a él. Iba recién afeitado. Fuimos andando por el muelle sin decirnos nada. Cuando nos sentamos a una mesa, un poco más allá, en Le Soleil d'Or, me lo contó todo. Todavía lo utilizaban para tareas de información, bueno, nada del otro mundo, un trabajo de soplón y de topo en el que hacía de vagabundo para ver y oír mejor lo que sucedía a su alrededor, disimulando delante de edificios, en mercadillos de segunda mano, en Pigalle, por los alrededores de las estaciones e incluso en el Barrio Latino. Sonrió con tristeza. Vivía en un apartamento del distrito XVI. Me dio su número de teléfono. No hablamos ni por un momento del pasado. Había dejado a su lado, en el diván, la bolsa de viaje que llevaba. Se habría quedado muy sorprendido si le hubiese dicho qué había dentro: una gabardina vieja, un pantalón demasiado corto y un par de sandalias.

Esa misma noche, después de la cita de Neuilly, lo llamé. Desde aquel encuentro, había recurrido a él unas cuantas veces para informaciones que me hacían falta. Le pedí que me encontrase algo concreto relacionado con la llamada Jacqueline Delanque, señora de Choureau, No podía decirle mucho más acerca de ella, salvo la fecha de nacimiento y la de su boda con un tal Jean-Pierre Choureau, que vivía en el número 11 de la avenida de Bretteville, en Neuilly, socio gerente en Zannetacci. Tomó nota. «¿Nada más?» Parecía decepcionado. «Y supongo que esta gente no aparecerá en los archivos judiciales porque no habrá dormido nunca en la cárcel», añadió con voz desdeñosa. ¿Dormido? Intenté imaginarme el dormitorio de los Choureau en Neuilly, ese dormitorio al que debería haber echado una ojeada por prurito profesional. Un dormitorio vacío para siempre, una cama en la que ya nadie dormiría.

Durante las siguientes semanas, Choureau me telefoneó varias veces. Hablaba siempre con voz inexpresiva y siempre que llamaba eran las siete de la tarde. A lo mejor es que a esa hora, solo en su planta baja, necesitaba hablar con alguien. Yo le decía que tuviera paciencia. Me daba la impresión de que no tenía ya gran confianza en nada y que, poco a poco, iría aceptando la desaparición de su mujer. Recibí una carta de Bernolle:

Querido Caisley:
En los archivos judiciales no hay nada. Ni en Choureau, ni en Delanque.

Pero hay que ver lo que son las casualidades: un trabajo engorroso de estadística de los diarios de registros de las comisarías de los distritos IX y XVIII, que me han encargado, me ha permitido dar con unos cuantos datos que le vendrán bien. En dos ocasiones me he topado con «Delanque, Jacqueline, de 15 años». La primera, en el registro de la comisaría del barrio de Saint-Georges, hace siete años; y la otra, unos cuantos meses después, en la de Les Grandes-Carrières. Motivo: vagancia de menor. Le he preguntado a Leoni si había algo relacionado con los hoteles. Hace dos años, Jacqueline Delanque vivió en el Hotel San Remo, en el 8 de la calle de Armaillé (distrito XVII) y en el Hotel Métropole, en el 13 de la calle de L'Étoile (distrito XVII). En los registros de Saint-Georges y de Les Grandes-Carrières pone que vivía en casa de su madre, en la avenida de Rachel (distrito XVIII).

Actualmente, vive en el Hotel Savoie, en el 8 de la calle de Cels, en el distrito XIV. Su madre falleció hace cuatro años. En el extracto de la partida de nacimiento, expedido por el Ayuntamiento de Fontaines-en-Sologne (Loir-et-Cher), cuya copia le remito, se especifica que nació de padre desconocido. Su madre trabajaba de acomodadora en Le Moulin-Rouge y tenía un amigo, un tal Guy Lavigne, que trabajaba en el taller de automóviles La Fontaine, en el 98 de la calle de La Fontaine (distrito XVI) y la ayudaba económicamente. Jacqueline Delanque no parece tener un trabajo fijo.

Esto es, mi querido Caisley, todo lo que he ido recogiendo para usted. Espero que nos veamos dentro de poco, pero con la condición de que sea cuando no vaya con la ropa de trabajo. A Blémant le habría hecho mucha gracia ese disfraz de vagabundo. A usted, supongo que no tanta. Y a mí, ninguna. Ánimo con el trabajo.

BERNOLLE

Ahora lo que tenía que hacer era llamar por teléfono a Jean-Pierre Choureau para decirle que el misterio estaba resuelto. Intento recordar en qué momento preciso decidí no hacerlo. Había marcado ya las primeras cifras de su número cuando colgué de golpe. Me agobiaba la perspectiva de volver a aquella planta baja de Neuilly a media tarde, como la otra vez, y esperar con él, bajo la lámpara de pantalla roja, a que se hiciera de noche. Desdoblé el plano Taride de París, tan sobado, que tengo siempre en mi despacho al alcance de la mano. A fuerza de buscar cosas en él, se me ha roto en muchas ocasiones por los bordes, y siempre lo pegaba poniéndole celo a la desgarradura, igual que se venda a un herido. Le Condé. Neuilly. El barrio de L'Étoile. La avenida de Rachel. Por vez primera en mi vida profesional sentía la necesidad, según investigaba, de ir a contracorriente. Sí, estaba haciendo en sentido inverso el camino que había seguido Jacqueline Delanque. Jean-Pierre Choureau no contaba ya para nada. No había sido sino un figurante y lo miraba alejarse para siempre, con una cartera negra en la mano, rumbo a las oficinas de Zannetacci. En el fondo, la única persona interesante era Jacqueline Delanque. Había habido muchas Jacquelines en mi vida... Ésta iba a ser la última. Cogí el metro, la línea Norte-Sur, como la llamaban, la que unía la avenida de Rachel a Le Condé. A medida que iban pasando las estaciones, yo retrocedía en el tiempo. Me bajé en Pigalle. Y, una vez allí, anduve por el terraplén del bulevar con paso ágil. Una tarde soleada de otoño en que habría apetecido hacer proyectos de futuro y en la que la vida habría vuelto a empezar a partir de cero. Bien pensado, era en esa zona donde había empezado la vida de Jacqueline Delanque... Tenía la impresión de haber quedado con ella. A la altura de la plaza Blanche, se me aceleró un poco el corazón y me notaba emocionado, e incluso intimidado. Hacía mucho que no me pasaba algo así. Seguía avanzando por el terraplén, cada vez más deprisa. Habría podido andar con los ojos cerrados por este barrio que me era tan familiar: el Moulin-Rouge, Le Sanglier Bleu... ¿Quién sabe? Me habría cruzado con aquella Jacqueline Delanque hacía mucho, por la acera de la derecha, cuando iba a buscar a su madre al Moulin-Rouge, o por la acera de la izquierda, a la hora de la salida de clase del liceo Jules-Ferry. Ya había llegado. Se me había olvidado el cine de la esquina de la avenida. Se llamaba Mexico, y no llevaba ese nombre por casualidad. Era un nombre que daba ganas de viajar, de escaparse o de huir... Se me había olvidado también lo tranquila y silenciosa que era la avenida de Rachel, que lleva al cementerio, pero nadie piensa en el cementerio, todo el mundo se dice

53

que al llegar al final saldrá al campo e incluso, con un poco de suerte, a un paseo marítimo. Me detuve ante el número 10 y luego, tras titubear un momento, entré en el edificio. Pensé en llamar en la puerta acristalada del portero, pero me contuve. ¿Para qué? En un cartelito pegado en uno de los cristales de la puerta estaban, en letra negra, los nombres de los inquilinos y el piso en que vivía cada uno. Saqué del bolsillo interior de la chaqueta el bloc y el bolígrafo y tomé nota de los nombres:

Deyrlord (Christiane)
Dix (Gisèle)
Dupuy (Marthe)
Esnault (Yvette)
Gravier (Alice)
Manoury (Albine)
Mariska
Van Bosterhaudt (Huguette)
Zazani (Odette)

Habían tachado el nombre Delanque (Geneviève), al que sustituía el de Van Bosterhaudt (Huguette). La madre y la hija habían vivido en el quinto piso. Pero, según cerraba el bloc, ya sabía que todos aquellos detalles no me iban a servir para nada.

Fuera, en los bajos del edificio, había un hombre en el umbral de una tienda de telas que se llamaba La Licorne. Cuando alcé la cabeza hacia el quinto piso, oí que me decía con voz fina:

—¿Busca algo, caballero?

Debería haberle preguntado por Geneviève y Jacqueline Delanque, pero sabía que sólo me habría contestado cosas muy superficiales, detallitos de «superficie», como decía Blémant, sin ahondar nunca en las cosas. Bastaba con oír aquella voz fina y fijarse en aquella cara de garduña y en la dureza de la mirada: no, no podía esperarse nada de él, salvo los «informes» que daría un simple soplón O, si no, me diría que no conocía ni a Geneviève ni a Jacqueline Delanque. Me entró una rabia fría contra aquel individuo de cara de comadreja. A lo mejor es que veía en él, de repente, a todos esos supuestos testigos a los que había interrogado durante las investigaciones que había llevado a cabo y nunca se habían enterado de nada de lo que habían visto, por necedad, por maldad o por indiferencia. Me acerqué pisando con fuerza y me planté delante. Le sacaba unos veinte centímetros y pesaba el doble que él.

—¿Está prohibido mirar las fachadas?

Me clavó los ojos duros y amedrentados. Me habría gustado asustarlo aún más.

Y luego, para calmarme, me senté en un banco del terraplén, a la altura del comienzo de la avenida, enfrente del cine Mexico. Me quité el zapato izquierdo. Hacía sol. Estaba absorto en mis pensamientos. Jacqueline Delanque podía contar con mi discreción, Choureau no iba a saber nunca nada del Hotel Savoie, de Le Condé, del taller La Fontaine y del tal Roland, seguramente el moreno de chaqueta de ante que aparecía en el cuaderno. «Louki. Lunes 12 de febrero 23.00. Louki 28 de abril 14.00. Louki con el moreno

55

de chaqueta de ante.» Según iba pasando las páginas de aquel cuaderno, fui subrayando siempre su nombre con lápiz azul y copié, en hojas sueltas, todas las indicaciones que tenían que ver con ella. Y las fechas. Y las horas. Pero Louki no tenía motivo alguno para preocuparse. Yo no pensaba volver más a Le Condé. La verdad era que tuve la suerte, las dos o tres veces que la estuve esperando en una de las mesas de ese café, de que ella no fuera aquel día. Me habría resultado violento espiarla sin que se diera cuenta, sí, me habría dado vergüenza mi cometido. ¿Con qué derecho entramos con fractura en la vida de las personas? ¡Y qué desfachatez la nuestra al *mirarles en los riñones y en los corazones!* ¡Y al pedirles cuentas! ¿A título de qué? Me quité el calcetín y me masajeé en el empeine. El dolor se me iba calmando. Cayó la tarde. Supongo que, antes, era a esta hora cuando Geneviève Delanque se iba a trabajar al Moulin-Rouge. Su hija se quedaba sola, en el quinto piso. A eso de los trece o los catorce años, una noche, después de irse su madre, salió de casa cuidándose muy mucho de no llamar la atención del portero. Ya en la calle, no fue más allá de la esquina de la avenida. Al principio se conformó con la sesión de las diez del cine Mexico. Luego volvía, subía las escaleras sin dar al automático de la luz y cerraba la puerta lo más despacio posible. Una noche, al salir del cine, fue un poco más allá, hasta la plaza Blanche. Y cada noche fue algo más lejos. Vagancia de menor, como ponía el registro de las comisarías de Saint-Georges y de Les Grandes-Carrières, y estas dos últimas palabras, aquellas canteras, me recordaban una pradera bajo la luz de la luna, pasado el puente de Caulaincourt, allá lejos, detrás del cementerio, una pradera donde, por fin, se podía respirar al aire libre. Su madre fue a buscarla a la comisaría. Ya había tomado impulso y, a partir de ahora, nadie podía frenarla. Vagancia nocturna hacia el oeste, si me guiaba por los pocos indicios que había recogido Bernolle. De entrada, el barrio de L'Étoile; y, luego, aún más al oeste, Neuilly y el bosque de Boulogne. Pero ¿por qué se casó con Choureau? Y otra huida, pero esta vez hacia la Rive Gauche, como si cruzar el río la amparase de un peligro inminente. Y, no obstante ¿aquella boda no había sido también un amparo? Si hubiese tenido paciencia para quedarse en Neuilly, a la larga nadie se habría acordado ya de que tras una tal señora de Jean-Pierre Choureau se ocultaba una tal Jacqueline Delanque cuyo nombre figuraba por partida doble en los diarios de registros de las comisarías.

Desde luego, continuaba preso aún de mis antiguos reflejos profesionales, esos que hacían decir a mis colegas que seguía investigando incluso mientras dormía. Blémant me comparaba con aquel malhechor de la posguerra a quien llamaban «el hombre que fuma dormido». Tenía siempre al filo de la mesilla de noche un cenicero con un cigarrillo encendido. Dormía a trompicones y, cada vez que se despertaba brevemente, alargaba el brazo hacia el cenicero y le daba una calada al cigarrillo. Y, cuando se acababa, encendía otro con ademán de sonámbulo. Pero, por la mañana, ya no se acordaba de nada y estaba convencido de que había dormido profundamente. A mí también, sentado en este banco, ahora que era de noche, me daba la impresión de que estaba soñando y, en sueños, seguía tras la pista de Jacqueline Delanque.

O, más bien, notaba su presencia en aquel bulevar cuyas luces brillaban como señales, sin que pudiera yo descifrarlas del todo ni sin saber desde lo pretérito de qué años me las enviaban. Y esas luces me parecían aún más brillantes porque el terraplén estaba en penumbra. Brillantes y lejanas a la vez.

Me había vuelto a poner el calcetín y había metido de nuevo el pie en el zapato izquierdo; y me fui de ese banco en donde de buena gana me habría pasado toda la noche. Y caminaba por el terraplén, como ella a los quince años, antes de que la pillaran. ¿Dónde y en qué momento se fijaron en ella?

Jean-Pierre Choureau acabaría por cansarse. Atendería sus llamadas unas cuantas veces más y le daría algunos indicios imprecisos, todos falsos, por supuesto. París es grande y resulta fácil hacer que alguien se pierda. Cuando tuviera ya la impresión de que lo había despistado, dejaría de coger el teléfono. Jacqueline podía contar conmigo. Iba a darle tiempo para que se pusiera definitivamente fuera de su alcance.

Ahora mismo, ella también caminaba por algún lugar de esta ciudad. O estaba sentada a una mesa, en Le Condé. Pero no tenía nada que temer. Yo no volvería a ir a ese punto de cita.

Cuando tenía quince años, aparentaba diecinueve. E incluso veinte. No me llamaba Louki, sino Jacqueline. Era todavía más pequeña la primera vez que aproveché que mi madre no estaba para irme a la calle. Ella se iba a trabajar a eso de las nueve de la noche y no volvía antes de las dos de la mañana. Esa primera vez me preparé una mentira por si el portero me pillaba en las escaleras. Le iba a decir que tenía que ir a comprar una medicina a la farmacia de la plaza Blanche.

No había vuelto por el barrio hasta la noche en que Roland me llevó en taxi a casa de aquel amigo de Guy de Vere. Habíamos quedado allí con todos los que solían ir a las reuniones. Roland y yo acabábamos de conocernos y no me atreví a decirle nada cuando mandó parar al taxi en la plaza Blanche. Quería que anduviéramos. A lo mejor no le llamó la atención cómo le apreté el brazo. Me entraba vértigo. Me daba la impresión de que si cruzaba la plaza me iba a caer redonda. Tenía miedo. Él, que me habla con frecuencia del Eterno Retorno, lo habría entendido. Sí, todo volvía a empezar para mí, como si la cita con aquella gente no fuera sino un pretexto y le hubieran dado a Roland el encargo de devolverme al redil poquito a poco.

Fue un alivio no pasar por delante del Moulin-Rouge. Y eso que mi madre llevaba muerta cuatro años y ya no tenía yo nada que temer. Cada vez que me escapaba de casa, de noche, cuando ella no estaba, iba por la otra acera del bulevar, la del distrito IX. En esa acera no había luces. El bloque oscuro del liceo Jules-Ferry y, luego, fachadas de edificios con las ventanas apagadas, y un restaurante, pero era un local que parecía siempre en penumbra. Y, en todas las ocasiones, no podía evitar lanzar una mirada, al otro lado del terraplén, hacia Le Moulin-Rouge. Cuando llegaba a la altura del Café des Palmiers y salía a la plaza Blanche, no me sentía muy tranquila que digamos. Otra vez había luces. Una noche, al pasar delante de la farmacia, vi por el escaparate a mi madre, con otros clientes. Me dije que habría salido del trabajo antes de lo que solía y que volvía a casa. Si echaba a correr, llegaría antes que ella. Me aposté en la esquina de la calle de Bruxelles para saber por qué camino iba a ir. Pero cruzó la plaza y se volvió al Moulin-Rouge.

Muchas veces tenía miedo y, para tranquilizarme, me habría gustado ir a ver a mi madre, pero la habría estorbado en el trabajo. Ahora estoy segura de que no me habría reñido, porque la noche que fue a buscarme a la comisaría de Les Grandes-Carrières no me hizo ningún reproche, no me amenazó con nada ni me vino con principios morales. Íbamos andando en silencio. En medio del puente de Caulaincourt, la oí decir, con voz desapasionada: «pobrecita mía», pero me pregunté si lo decía por mí o por ella. Esperó a que me desnudase y me acostase para entrar en mi cuarto. Se sentó a los pies de la cama y se quedó callada. Yo también. Acabó por sonreír. Me dijo: «No es que seamos muy charlatanas...», y me miraba a los ojos. Era la primera vez que se quedaba tanto rato mirándome fijamente y la primera vez que notaba yo lo claros que tenía los ojos, grises, o de un azul descolorido. Gris azulado. Se agachó y me besó en la mejilla; o, más bien, noté sus labios de forma furtiva. Y seguía clavada en mí aquella mirada clara y ausente. Apagó la luz y, antes de cerrar la puerta, me dijo: «Intenta no volver a hacerlo.» Creo que es la única vez que hubo un contacto entre nosotras, tan breve, tan torpe y, sin embargo, tan intenso que me arrepiento de no haber tenido, durante los meses siguientes, algún impulso hacia ella que hubiera vuelto a crear ese contacto. Pero ni la una ni la otra éramos amigas de demostraciones. Es posible que se comportase así conmigo, con aparente indiferencia, porque no se hacía ninguna ilusión en lo que a mí se refería. Debía de decirse que no había gran cosa que esperar puesto que me parecía a ella.

Pero, sobre la marcha, no me paré a pensar nada de eso. Vivía en el presente, sin hacerme preguntas. Todo cambió la noche en que Roland me hizo volver a aquel barrio que yo evitaba. No había puesto los pies en él desde la muerte de mi madre. El taxi se metió por la calle de La Chaussée-d'Antin y vi, al fondo del todo, el bulto negro de la iglesia de La Trinité, como un águila gigantesca que montara guardia. Me sentía mal. Nos estábamos acercando a la frontera. Me dije que quedaba cierta esperanza. A lo mejor torcíamos a la derecha. Pero no. Íbamos recto, dejamos atrás la glorieta de La Trinité, subimos la cuesta. En un semáforo rojo, antes de llegar a la plaza de Clichy, estuve a punto de abrir la puerta y salir huyendo. Pero no podía hacerle eso a Roland.

Luego, cuando íbamos a pie por la calle de Les Abbesses, hacia el edificio en que habíamos quedado, recuperé la calma. Menos mal que Roland no se había dado cuenta de nada. Lamenté entonces que no fuéramos a pasear más rato por el barrio los dos. Me habría gustado enseñárselo, y también el sitio en que vivía hacía apenas seis años, y parecía tan lejano, en otra vida... Ya muerta mi madre, sólo me quedaba un vínculo que me relacionase con esa etapa, un tal Guy Lavigne, el amigo de mi madre. Me había dado cuenta de que era él quien pagaba el alquiler del piso. Aún voy a verlo de vez en cuando, Trabaja en un taller de automóviles de Auteuil. Pero casi nunca hablamos del pasado. Es tan poco charlatán como mi madre. Cuando me llevaron a la comisaría, me hicieron preguntas a las que no me quedaba más remedio que contestar, pero, al principio, lo hacía con una reticencia tal que me dijeron: «Pero qué poco charlatana eres...», como se lo habrían dicho a mi madre y a Guy Lavigne si, por algún motivo, hubieran caído en sus manos. No estaba acostumbrada a que me hicieran preguntas. E incluso me extrañaba que se interesasen por mi caso. La segunda vez, en la comisaría de Les Grandes-Carrières me topé con un poli más simpático que el de la otra vez y empecé a cogerle gusto a su manera de preguntar. Así que era algo permitido eso de confiarse, de hablar de uno mismo; y alguien, enfrente de ti, se interesaba por lo que hacías y decías. Estaba tan poco acostumbrada a una situación así que no encontraba las palabras para contestar. Salvo en las preguntas concretas. Por ejemplo: ¿A qué colegio ha ido? A las hermanas de San Vicente de Paúl de la calle de Caulaincourt y a la escuela pública de la calle de Antoinette. Me daba vergüenza decirle que no me habían admitido en el liceo Jules-Ferry, pero respiré hondo y se lo confesé. Se inclinó hacia mí y me dijo con voz suave, como si quisiera consolarme: «Pues el liceo Jules-Ferry se lo pierde...» Y me quedé tan sorprendida que, al principio, me entraron ganas de reírme. Él me sonreía y me miraba a los ojos, una mirada tan clara como la de mi madre, pero más tierna, más interesada. También me preguntó por mi situación familiar. Me encontraba a gusto y conseguí darle unas cuantas informaciones, nada del otro mundo: mi madre procedía de un pueblo de Sologne, donde un tal señor Foucret, director del Moulin-Rouge, tenía una finca. Y por eso consiguió, muy joven, cuando se vino a París, un empleo en ese local. Yo no sabía quién era mi padre. Nací allí, en Sologne, pero nunca habíamos vuelto. Por eso mi madre me repetía muchas veces: «Ya no tenemos armazón...». El policía me escuchaba y de vez en cuando tomaba unas notas. Y yo sentía una sensación nueva: a medida que le daba todos esos detalles tan nimios, me iba liberando de un peso. Era como si ya no fuera conmigo, hablaba de otra persona y me aliviaba ver que anotaba algunas cosas. Si todo quedaba escrito, negro sobre blanco, eso quería decir que ya se había acabado todo, como pasa con las sepulturas en donde hay nombres y fechas grabados. Y hablaba cada vez más deprisa, se me atropellaban las palabras, Moulin-Rouge, mi madre, Guy Lavigne, liceo Jules-Ferry, Sologne... Nunca había podido hablar con nadie. Qué liberación mientras me salían todas esas palabras de la boca... Concluía una parte de mi vida, una parte que me había venido impuesta. En adelante, mi destino lo decidiría yo. Todo iba a empezar hoy y, para tomar impulso bien tomado, habría preferido que tachase todo lo que acababa de escribir. Estaba dispuesta a darle otros detalles y otros nombres y a hablarle de una familia imaginaria, la familia de mis sueños.

A eso de las dos de la mañana, vino mi madre a buscarme. El policía le dijo que no pasaba nada grave. Me seguía mirando con ojos atentos. Vagancia de menor, eso es lo que ponía en su registro. Fuera, estaba esperando el taxi. Cuando me preguntó por el colegio, se me había olvidado decirle que, durante unos meses, había ido a una escuela que me pillaba un poco más lejos, en la misma acera que la comisaría. Me quedaba a comer y mi madre venía a buscarme a media tarde. A veces se retrasaba y yo la esperaba sentada en un banco del terraplén. Allí es donde me había fijado que cada lado de la calle tenía un nombre diferente. Y aquella noche también había venido a buscarme, muy cerca de la escuela, pero a la comisaría. Qué calle tan rara, que tenía dos nombres y parecía querer desempeñar un papel en mi vida... Mi madre le echaba de vez en cuando una ojeada intranquila al taxímetro. Le dijo al taxista que nos dejara en la esquina de la calle de Caulaincourt y, cuando sacó de la cartera las monedas, caí en la cuenta de que tenía el dinero justo para pagar la carrera. Hicimos a pie el camino que quedaba. Yo andaba más deprisa que ella y la dejaba atrás. Luego me paraba para que me alcanzase. En el puente desde el que se domina el cementerio y se puede ver desde arriba nuestra casa nos paramos un buen rato y me dio la impresión de que estaba recobrando el aliento. «Andas demasiado deprisa», me dijo. Ahora se me ocurre una cosa. A lo mejor estaba intentando llevarla algo más allá de aquella vida suya, tan limitada. Si no se hubiera muerto, creo que habría conseguido que conociera otros horizontes.

Durante los tres o cuatro años siguientes, recorría muchas veces los mismos itinerarios, las mismas calles, pero, sin embargo, cada vez me alejaba más. Al principio, ni siquiera llegaba a la plaza Blanche. Apenas le daba la vuelta a la manzana... Primero fue aquel cine pequeñito que hacía esquina con el bulevar, a pocos metros de mi casa, en donde empezaba la sesión a las diez de la noche. La sala estaba vacía, menos los sábados. Las películas transcurrían en países lejanos, como México y Arizona. No me fijaba en ab-

65

soluto en el argumento, sólo me interesaban los paisajes. Al salir, se me armaba un lío curioso en la cabeza entre Arizona y el bulevar de Clichy. Los colores de los rótulos fluorescentes y de los anuncios de neón eran iguales que los de la película: naranja, verde, esmeralda, azul noche, amarillo arena, colores demasiado violentos que me daban la sensación de seguir dentro de la película o dentro de un sueño. Un sueño o una pesadilla, dependía. Al principio, una pesadilla, porque tenía miedo y no me atrevía a ir mucho más allá. Y no era por mi madre. Si me hubiera pillado sola en el bulevar, a las doce de la noche, apenas me habría dicho una palabra de reproche. Me habría mandado volver a casa con esa voz tranquila que tenía, como si no la sorprendiera verme en la calle tan a deshora. Creo que si andaba por la otra acera, la que estaba a oscuras, era porque notaba que mi madre ya no podía hacer nada por mí.

La primera vez que me trincaron, fue en el distrito IX, al principio de la calle de Douai, en esa panadería que no cierra de noche. Era ya la una de la mañana. Estaba de pie delante de una de las mesas altas y me estaba comiendo un croissant. A partir de esa hora, siempre te encuentras gente rara en esa panadería; y muchas veces vienen del café de enfrente, Le Sans-Souci. Entraron dos polis de paisano para una comprobación de identidad. Yo iba indocumentada y quisieron saber qué edad tenía. Preferí decirles la verdad. Me hicieron subir al furgón, con un tipo alto y rubio que llevaba una chaqueta de piel vuelta. Parecía conocer a los polis. A lo mejor también él era poli.

En un momento dado, me ofreció un cigarrillo, pero uno de los polis de paisano no le dejó: «Es demasiado joven..., es malo para la salud...» Me parece que lo tuteaban.

En el despacho del comisario, me preguntaron el apellido, el nombre, la fecha de nacimiento y las señas, y lo anotaron todo en un registro. Les expliqué que mi madre trabajaba en Le Moulin-Rouge. «Pues entonces vamos a llamarla por teléfono», dijo uno de los polis de paisano. El que escribía en el registro le dijo el número de teléfono del Moulin-Rouge. Lo marcó mirándome a los ojos. Yo me sentía violenta. Dijo: «¿Podría hablar con Geneviève Delanque?» Me seguía clavando una mirada dura y bajé la vista. Y, luego, oí: «No..., no la moleste...» Colgó. Ahora me sonreía. Había querido meterme miedo. «Vale por esta vez –me dijo–, pero la próxima no me quedará más remedio que avisar a su madre.» Se puso de pie y salimos de la comisaría. El rubio de la chaqueta de piel vuelta estaba esperando en la acera. Me hicieron subir a un coche, atrás. «Te llevo a casa», me dijo el poli de paisano. Ahora me tuteaba. El rubio de la chaqueta de piel vuelta se bajó del coche en la plaza Blanche, delante de la farmacia. Era raro eso de verse sola en el asiento de atrás de un coche y con un tipo al volante. Se paró delante del edificio. «Váyase a dormir. Y que no se repita.» Ahora me volvía a tratar de usted. Creo que tartamudeé «muchas gracias». Fui hacia la puerta cochera y, en el momento de abrirla, me di la vuelta. Había parado el motor y no me quitaba la vista de encima, como si quisiera asegurarse de que entraba efectivamente en el edificio. Miré por la ventana de mi cuarto. El coche seguía allí parado. Esperé, pegando la frente al cristal, con la curiosidad de saber hasta cuándo iba a quedarse. Oí el ruido del motor antes de que diese la vuelta a la esquina y desapareciera. Noté esa sensación de angustia que se apoderaba de mí, muchas veces, de noche, y que era aún más fuerte que el miedo, esa sensación de que en adelante sólo iba a poder contar conmigo misma, sin recurrir a nadie. Ni a mi madre ni a nadie. Me habría gustado que el policía se quedara toda la noche de plantón delante del edificio, toda la noche y los días siguientes, como un centinela, o más bien como un ángel de la guarda que velase por mí.

Pero había otras noches en que la angustia se esfumaba y esperaba con impaciencia que se marchase mi madre para salir. Bajaba las escaleras con el corazón palpitante, como si fuera a una cita. Ya no necesitaba decirle una mentira al portero, ni buscar pretextos o pedir permiso. ¿A quién? ¿Y por qué? Ni siquiera tenía la seguridad de que fuera a volver a casa. Ya en la calle, no iba por la acera que estaba a oscuras, sino por la del Moulin-Rouge. Las luces me parecían aún más crudas que las de las películas del cine Mexico. Me entraba una borrachera y me sentía tan liviana... Había notado algo parecido la noche en que tomé una copa de champán en Le Sans-Souci. Tenía la vida por delante. ¿Cómo había podido andar encogida y pegada a las paredes? ¿Y de qué tenía miedo? Iba a conocer a gente. Bastaba con entrar en cualquier café.

Conocí a una chica un poco mayor que yo que se llamaba Jeannette Gaul. Una noche en que me dolía la cabeza entré en la farmacia de la plaza Blanche para comprar Véganine y un frasco de éter. Cuando iba a pagar, me di cuenta de que no llevaba dinero. Aquella chica rubia de pelo corto y con gabardina con la que se me había cruzado la mirada –ojos verdes– se acercó a la caja y pagó por mí. Me sentía apurada, no sabía cómo darle las gracias. Le propuse que viniera a casa para devolverle el dinero. Tenía siempre algo de dinero en la mesilla de noche. Me dijo: «No..., no..., la próxima vez.» Ella también vivía en el barrio, pero más abajo. Me miraba y me sonreía con los ojos verdes. Me propuso que tomase algo con ella cerca de su casa y acabamos en un café, más bien en un bar, de la calle de La Rochefoucauld. El ambiente no tenía nada que ver con el de Le Condé. Las paredes estaban forradas de madera clara, y también la barra y las mesas. Y había algo así como una vidriera, que daba a la calle. Los taburetes eran de terciopelo rojo oscuro. Y la luz, tamizada. Detrás de la barra había una mujer rubia de unos cuarenta años a quien la tal Jeannette Gaul conocía bien, porque la llamaba Suzanne y la tuteaba. Nos sirvió dos Pim's champagne.

—¡A su salud! –me dijo Jeannette Gaul.

Seguía sonriendo y me daba la impresión de que con aquellos ojos verdes me escudriñaba para adivinar qué cosas me pasaban por la cabeza. Me preguntó:

—¿Vive por aquí?

—Sí, algo más arriba.

Había en el barrio múltiples zonas y yo me sabía

todas sus fronteras, incluso las invisibles. Como estaba intimidada y no sabía muy bien qué decirle, añadí: «Sí, vivo más arriba. Aquí estamos sólo en las primeras cuestas.» Frunció el entrecejo: «¿Las primeras cuestas?» La intrigaban esas dos palabras, pero no había dejado de sonreír. ¿Serían los efectos del Pim's champagne? Se me había pasado la timidez. Le expliqué qué quería decir «las primeras cuestas», esa expresión que había aprendido, como todos los demás niños de las escuelas del barrio. A partir de la glorieta de La Trinité empiezan «las primeras cuestas». Y ya no se para de subir, hasta el Château des Brouillards y el cementerio Saint-Vincent, antes de volver a bajar hacia las afueras, hacia Clignancourt, al norte del todo.

–Sí que sabes cosas –me dijo.

Y la sonrisa se le volvió irónica. De pronto había empezado a tutearme, pero me parecía normal. Le pidió a la tal Suzanne otras dos copas. Yo no estaba acostumbrada a beber y una copa era ya demasiado para mí. Pero no me atreví a rechazarla. Para acabar antes me tomé el champán de un solo trago. Me seguía observando en silencio.

–¿Estudias?

No sabía si contestar o no. Siempre había soñado con ser estudiante, por la palabra, que me parecía elegante. Pero aquel sueño se convirtió en algo inaccesible el día en que no me admitieron en el liceo Jules-Ferry. ¿Fue por la seguridad que me daba el champán? Me incliné hacia ella y, quizá para convencerla mejor, acerqué la cara a la suya:

–Sí, soy estudiante.

En esta primera ocasión, no me fijé en los clientes que nos rodeaban. Nada que ver con Le Condé. Si no fuera porque me da miedo encontrarme con ciertos fantasmas, me gustaría volver una noche al sitio ese para entender bien de dónde vengo. Pero hay que ser prudente. Además está la posibilidad de encontrarse con la puerta cerrada a cal y canto. Cambio de dueño. Todo aquello no tenía mucho porvenir.

—¿Estudiante de qué?

Me había pillado desprevenida. El candor de su mirada me dio bríos. Estaba claro que ni podía pensar que le estaba mintiendo.

—De lenguas orientales.

Parecía impresionada. Nunca me pidió, más adelante, detalles acerca de mis estudios de lenguas orientales, ni de los horarios de las clases, ni de dónde estaba la escuela. Habría debido caer en la cuenta de que no iba a ninguna escuela. Pero creo que era para ella —y también para mí— algo así como un título nobiliario que yo llevaba y que se hereda sin tener necesidad de hacer nada para ello. A quienes frecuentaban el bar de la calle de La Rochefoucauld me presentaba como «la Estudiante» y es posible que aún lo recuerden allí.

Aquella noche me acompañó hasta mi casa. Yo también quise saber a qué se dedicaba ella. Me dijo que había sido bailarina, pero que tuvo que dejar aquel oficio por culpa de un accidente. ¿Bailarina de ballet? No, no exactamente, pero sí se había formado como bailarina de ballet. Ahora me hago una pregunta que, por aquel entonces, ni se me habría ocurrido: ¿habría sido tan bailarina como yo estudiante? Íbamos por la calle de Fontaine, en dirección a la plaza Blanche. Me explicó que «de momento» estaba «asociada» con la tal Suzanne, una antigua amiga suya y algo así, hasta cierto punto, como su «hermana mayor». Llevaban entre las dos el local donde habíamos estado aquella noche, que también era restaurante.

Me preguntó si vivía sola. Sí, sola con mi madre. Quiso saber la profesión de mi madre. No pronuncié las palabras «Moulin-Rouge». Le respondí, con tono seco: «Contable.» Bien pensado, mi madre podría haber sido contable. Tenía la formalidad y la discreción adecuadas.

Nos despedimos delante de la puerta cochera. Nunca volvía de buena gana por la noche a aquella casa. Sabía que un día u otro me iría para siempre. Contaba mucho con la gente a la que iba a conocer y que pondría fin a mi soledad. Aquella chica era la primera persona a la que había conocido y a lo mejor me ayudaba a levar anclas.

–¿Nos vemos mañana?

Pareció sorprenderla la pregunta. Se la había hecho con demasiada brusquedad, sin conseguir disimular la preocupación.

–Pues claro. Cuando quieras...

Me lanzó una de aquella sonrisas tiernas e irónicas, la misma que hacía un rato, cuando le estaba explicando qué quería decir eso de «las primeras cuestas».

Tengo fallos de memoria. O, más bien, algunos detalles se me vienen a la cabeza desordenados. Hace cinco años que no quería pensar en nada de todo esto. Y bastó con que el taxi se metiese calle arriba y que volviese a encontrarme con algunos rótulos fluorescentes: Aux Noctambules, Aux Pierrots... Ya no sé cómo se llamaba el sitio de la calle de La Rochefoucauld. ¿Le Rouge Cloître? ¿Chez Dante? ¿Le Canter? Sí. Le Canter. Ningún parroquiano de Le Condé habría ido a Le Canter. En la vida hay fronteras imposibles de cruzar. Y, sin embargo, me quedé muy sorprendida al reconocer, las primeras veces que fui a Le Condé, a un cliente a quien había visto en Le Canter, un individuo que se llama Maurice Raphaël y al que apodan el Jaguar... Claro que no podía adivinar que el hombre aquel era escritor... No se diferenciaba en nada de los que jugaban a las cartas y a otros juegos en la salita del fondo, detrás de la verja de hierro forjado. Lo reconocí. Y me di cuenta de que a él no le sonaba mi cara de nada. Mejor. Qué alivio...

Nunca entendí qué hacía Jeannette Gaul en Le Canter. Muchas veces tomaba nota de lo que pedían los clientes y se lo traía. Se sentaba con ellos. A la mayoría los conocía. Me presentó a uno, alto y moreno, con cara de oriental, muy bien vestido y que parecía que tenía estudios, un tal Accad, el hijo de un médico del barrio. Iba siempre con dos amigos, Godinger y Mario Bay. A veces jugaban a las cartas y a otros juegos con hombres de más edad en la salita del fondo. Y la cosa duraba hasta las cinco de la mañana. Uno de los jugadores era, por lo visto, el dueño de Le Canter. Un hombre que rondaba los cincuenta años, con el pelo gris y corto, muy bien vestido también, con aspecto muy serio, del que me había dicho Jeannette que «había sido abogado». Me acuerdo de cómo se llamaba: Mocellini. De vez en cuando, se levantaba e iba a reunirse con Suzanne detrás de la barra. Algunas noches la sustituía y servía personalmente las consumiciones como si estuviera en su casa, en su piso, y todos los clientes fueran amigos suyos. Llamaba a Jeannette «niña» o «Calavera», aunque yo no entendía por qué; y las primeras veces que fui a Le Canter me miraba con cierta desconfianza. Una noche, me preguntó qué edad tenía. Me eché más edad, le dije que «veintiuno». Me miraba fijamente, frunciendo el entrecejo, no me creía. «¿Está segura de que tiene veintiún años?» Yo estaba cada vez más apurada y dispuesta a decirle la edad que tenía de verdad, pero, de repente, sus ojos perdieron toda la severidad. Me sonrió y se encogió de hombros. «Bueno, digamos que tiene veintiún años.»

Jeannette tenía una marcada preferencia por Mario Bay. Llevaba gafas oscuras, pero no era por hacerse el interesante. La luz del día le hacía daño a la vista. Manos delicadas. Al principio, Jeannette lo había tomado por un pianista de esos que, según me dijo, dan conciertos en Gaveau o en Pleyel. Tenía alrededor de treinta años, como Accad y Godinger. Pero, si no era pianista, ¿a qué se dedicaba? Él y Accad tenían mucha intimidad con Mocellini. Según Jeannette habían trabajado con Mocellini cuanto todavía era abogado. Y ahora seguían trabajando para él. ¿En qué? Tienen sociedades, me decía. Pero ¿qué significaba eso de «sociedades»? En El Canter, nos invitaban a su mesa y Jeannette aseguraba que Accad estaba loco por mí. Me di cuenta, desde el principio, de que Jeannette quería que saliera con él, quizá para reforzar los vínculos de ella con Mario Bay. Pero a mí me daba más bien la impresión de que a quien le gustaba yo era a Godinger. Era moreno, como Accad, pero más alto. Jeannette lo conocía menos que a los otros dos. Por lo visto, tenía mucho dinero y un coche que aparcaba siempre delante de Le Canter. Vivía de hotel e iba muchas veces a Bélgica.

Agujeros negros en la memoria. Y, además, detalles que se me vienen a la cabeza, detalles tan concretos como anodinos. Godinger vivía de hotel e iba mucho a Bélgica. La otra noche estuve repitiendo esa frase idiota como si fuera el estribillo de una canción de cuna que canturreas en la oscuridad para tranquilizarte. ¿Y por qué llamaba Mocellini a Jeannette Calavera? Detalles que ocultan otros, mucho más penosos. Me acuerdo de la tarde, pocos años después, en que Jeannette vino a verme a Neuilly. Hacía alrededor de quince días que me había casado con Jean-Pierre Choureau. Nunca he podido llamarle más que Jean-Pierre Choureau, seguramente porque era mayor que yo y porque él me trataba de usted. Jeannette llamó tres veces, como le había dicho yo. Por un momento estuve tentada de no abrir, pero era una bobada, porque sabía mi teléfono y mis señas. Entró, colándose por la puerta entornada, y fue como si se metiese de matute en el piso para robar. En el salón, echó una ojeada a las paredes blancas, a la mesa baja, al montón de revistas, a la lámpara de pantalla roja, al retrato de la madre de Jean-Pierre Choureau encima del sofá. No decía nada. Movía la cabeza. Quería ver la casa. Pareció sorprenderla que Jean-Pierre Choureau y yo tuviésemos habitaciones separadas. En mi cuarto, nos echamos las dos encima de la cama.

—¿Así que es un chico de buena familia? —me dijo Jeannette.

Y se echó a reír.

No había vuelto a verla desde el hotel de la calle de Armaillé. Aquella risa me hacía sentirme incómoda. Tenía miedo de que me hiciera retroceder hasta la época de Le Canter. Y eso que, cuando había ido a verme el año anterior a la calle de Armaillé, me había dicho que había roto con los otros.

—Un auténtico cuarto de jovencita...

Encima de la cómoda, la foto de Jean-Pierre Choureau en un marco de cuero granate. Se levantó y se inclinó hacia el marco.

—Es más bien guapo... Pero ¿por qué dormís en habitaciones separadas?

Volvió a echarse a mi lado encima de la cama. Entonces le dije que prefería verla en otra parte. Temía que no se sintiera a gusto en presencia de Jean-Pierre Choureau. Y, además, no podríamos hablar libremente.

—¿Tienes miedo de que venga a verte con los otros?

Se rió, pero con risa menos sincera que antes. Era cierto; incluso en Neuilly tenía miedo de toparme con Accad. Estaba asombrada de que no hubiera dado con mi rastro cuando vivía en el hotel de la calle de L'Étoile y, luego, en la calle de Armaillé.

—Tranquila... Hace ya mucho que no están en París... Se han ido a Marruecos...

Me acariciaba la frente como si quisiera calmarme.

—Supongo que no le has hablado a tu marido de las juergas de Cabassud...

No puso ironía alguna en lo que acababa de decir. Al contrario, me llamó la atención aquella voz triste. Era un amigo suyo, Mario Bay, el individuo de las gafas oscuras y las manos de pianista, el que usaba esa palabra, «juergas», cuando nos llevaban Accad y él a pasar la noche a Cabassud, una hostería cerca de París.

—Qué tranquilo es esto... No como Cabassud... ¿Te acuerdas?

Detalles ante los que quería cerrar los ojos, como pasa con una luz cegadora. Y, sin embargo, cuando salimos de casa de los amigos de Guy de Vere y volvía de Montmartre con Roland, tenía los ojos bien abiertos. Todo era más nítido, más cortante, me deslumbraba una luz más cruda y acababa por acostumbrarme a ella. Una noche, en Le Canter, estaba con Jeannette sentada a una mesa, cerca de la puerta, en esa misma luz. Ya no quedaba nadie más que Mocellini y los que estaban jugando a las cartas en la sala del fondo, detrás de la verja. Mi madre debía de llevar ya mucho rato en casa. Me preguntaba si le preocuparía mi ausencia. Casi echaba de menos aquella noche en que vino a buscarme a la comisaría de Les Grandes-Carrières. Tenía el presentimiento de que, a partir de ahora, nunca más podría venir a buscarme. Me había ido demasiado lejos. Se apoderaba de mí una angustia que intentaba contener y que me impedía respirar. Jeannette arrimó su cara a la mía.

—Estás muy pálida... ¿Te encuentras bien?

Quería sonreírle para tranquilizarla, pero me daba la impresión de que lo que hacía era una mueca.

—No... No es nada...

Desde que me iba de casa por las noches, me daban ataques breves de pánico, o más bien «bajones de tensión» como había dicho el farmacéutico de la plaza Blanche una noche en que intenté explicarle qué notaba. Pero, cada vez que decía una palabra, me parecía equivocada o anodina. Más valía callarse. De repente, me entraba una sensación de vacío por la calle. La primera vez fue delante del bar-estanco que había al lado del Cyrano. Pasaba mucha gente, pero eso no me tranquilizaba. Me caería redonda y esa gente seguiría su camino sin hacerme caso. Bajón de tensión. Corte de corriente. Tenía que forzarme para volver a anudar los hilos. Aquella noche, entré en el estanco y pedí sellos, postales, un bolígrafo y un paquete de cigarrillos. Me senté en la barra. Cogí una postal y empecé a escribir. «Un poco más de paciencia. Creo que se me va a pasar.» Encendí el cigarrillo y pegué un sello a la postal. Pero ¿a quién se la mandaba? Me habría gustado escribir unas cuantas palabras en todas las tarjetas, palabras tranquilizadoras: «Hace bueno; las vacaciones, estupendas; espero que también a vosotros os vaya bien. Hasta pronto. Besos.» Es muy temprano y estoy sentada en un café, a la orilla del mar. Y les escribo postales a unos amigos.

—¿Cómo te encuentras? ¿Estás mejor? —me dijo Jeannette.

Había arrimado aún más la cara.

—¿Quieres que salgamos a que te dé el aire?

Nunca me había parecido la calle tan desierta y silenciosa. La iluminaban faroles de otros tiempos. Y pensar que bastaba con subir la cuesta para encontrarse, a pocos cientos de metros, con el gentío de los sábados por la noche, los rótulos fluorescentes que anunciaban «Los mejores desnudos del mundo» y los autocares de turistas delante del Moulin-Rouge... Me daba miedo todo aquel barullo. Le dije a Jeannette:

—Podríamos quedarnos a mitad de la cuesta...

Anduvimos hasta el sitio en que empezaban las luces, el cruce que está al final de la calle de Notre-Dame-de-Lorette. Pero dimos media vuelta y recorrimos la calle en cuesta en dirección contraria. Iba notando cierto alivio a medida que andaba cuesta abajo, por la acera en que no había luces. Bastaba con dejarse ir. Jeannette me apretaba el brazo. Llegamos casi al final de la cuesta, al cruce de La Tour-des-Dames. Me dijo:

—¿No quieres que tomemos un poco de nieve?

No entendí qué quería decir exactamente, pero me llamó la atención la palabra «nieve». Me daba la impresión de que iba a empezar a nevar de un momento a otro y que el silencio que nos rodeaba sería aún más profundo. Nada más se oiría cómo crujían nuestros pasos en la nieve. En alguna parte sonaban las campanadas de un reloj y, no sé por qué, pensé que tocaban a misa del gallo. Jeannette me guiaba.

Yo dejaba que me llevase. Íbamos por la calle de Aumale y no se veía luz en ninguna de las casas. Podía pensarse que no había sino una única fachada negra a cada lado de la calle y de principio a fin.

—Ven a mi habitación..., vamos a tomar algo de nieve...

En cuanto llegásemos, le preguntaría qué quería decir eso de tomar un poco de nieve. Hacía más frío por culpa de aquellas fachadas negras. ¿Acaso estaba soñando y por eso oía con tanta claridad el ruido de nuestros pasos?

A partir de entonces, hice muchas veces ese mismo camino, sola o con Jeannette. Iba a reunirme con ella en su habitación durante el día, o pasaba allí la noche cuando nos entreteníamos demasiado en Le Canter. Era un hotel de la calle de Laferrière, una calle, por la zona de las primeras cuestas, que hace ángulo y en donde te sientes apartada de todo. Un ascensor con puerta enrejada. Subía despacio. Vivía en el último piso, o más arriba. A lo mejor el ascensor no se paraba nunca. Me cuchicheó al oído:

—Ya verás..., ya verás qué bien..., vamos a tomar un poco de nieve...

Le temblaban las manos. En la penumbra del corredor, estaba tan nerviosa que no lograba meter la llave en la cerradura.

—Venga..., prueba tú, que yo no puedo.

Tenía la voz cada vez más entrecortada. Se le cayó la llave. Me agaché para recogerla, a tientas. Conseguí que entrase en la cerradura. La luz estaba encendida, una luz amarilla que caía de un plafón. La cama estaba deshecha y las cortinas corridas. Se sentó en el filo de la cama y hurgó en el cajón de la mesilla de noche. Sacó una cajita metálica. Me dijo que aspirase el polvillo blanco que llamaba «nieve». Al cabo de un momento me entró una sensación de frescura y de liviandad. Estaba segura de que la angustia y el sentimiento de vacío que me entraban por la calle no iban a volver nunca. Desde que el farmacéutico de la plaza Blanche me había mencionado los bajones de tensión, creía que tenía que negarme a ceder, que luchar contra mí misma, que intentar controlarme. No podemos librarnos de esa forma de pensar, nos educaron sin miramientos. Camina o revienta. Si me caía, los demás seguirían andando por el bulevar de Clichy. No tenía que hacerme ilusiones. Pero, a partir de ahora, las cosas iban a cambiar. Además, las calles y las fronteras del barrio me parecían de pronto demasiado estrechas.

Una librería-papelería del bulevar de Clichy abría hasta la una de la madrugada. Mattei. Un nombre en el escaparate y nada más. ¿El nombre del dueño? Nunca me atreví a preguntárselo a aquel hombre moreno que llevaba bigote y una chaqueta príncipe de Gales y estaba siempre leyendo, sentado detrás de su escritorio. Cada vez que los clientes compraban postales o un bloc de papel de cartas le interrumpían la lectura. A las horas en que iba yo no había casi clientes, salvo, a veces, algunas personas que salían de Minuit Chansons, que era la puerta de al lado. Casi siempre estábamos solos, él y yo, en la librería. En el escaparate había siempre los mismos libros y me enteré enseguida de que eran novelas de ciencia ficción. El dueño me aconsejó que las leyera. Me acuerdo de los títulos de algunas: *Un guijarro en el cielo, Polizonte a Marte, Los corsarios del vacío.* Sólo conservo una: *Los cristales soñadores.*

A la derecha, en los estantes próximos al escaparate, estaban los libros de segunda mano que trataban de astronomía. Me fijé en uno con la portada naranja medio rota: *Viaje por el infinito.* Ése también lo sigo teniendo. Aquel sábado por la noche en que quise comprarlo era la única clienta en toda la librería y apenas se oía el barullo del bulevar. Sí que se veían, detrás del cristal, algunos letreros fluorescentes e incluso ese blanco y azul de «Los mejores desnudos del mundo», pero parecían tan lejanos... No me atrevía a molestar a aquel hombre que estaba leyendo, sentado y con la cabeza inclinada. Allí me quedé, sin hacer ruido, alrededor de diez minutos antes de que volviera la cabeza hacia mí. Le alargué el libro. Sonrió: «Ah, ése está muy bien... Muy bien... *Viaje por el infinito.*» Me disponía a pagarle el libro, pero alzó el brazo: «No, no... se lo regalo. Y le deseo que tenga un buen viaje.»

Sí, aquella librería no fue sólo un refugio, sino, además, una etapa de mi vida. Muchas veces me quedaba hasta la hora de cerrar. Había un asiento junto a las estanterías o, más bien, una escalerilla de cierta altura. Me sentaba en ella para hojear los libros y los álbumes ilustrados. Me preguntaba si el dueño era consciente de mi presencia. Al cabo de unos días, sin dejar la lectura me decía una frase, siempre la misma:

«¿Qué? ¿Encuentra algo que la haga feliz?» Más adelante, alguien me afirmó con mucho aplomo que lo único que no se puede recordar es el timbre de las voces. Y, sin embargo, todavía hoy oigo con frecuencia aquella voz con acento parisino —el de las calles en cuesta— diciéndome: «¿Qué? ¿Encuentra algo que la haga feliz?» Y esa frase no ha perdido nada ni del agrado con que la decía ni del misterio que había en ella.

Por las noches, al salir de la librería, me sorprendía encontrarme en el bulevar de Clichy. No me apetecía mucho bajar hasta Le Canter. Los pies me llevaban hacia arriba. Ahora me agradaba subir las cuestas o las escaleras. Contaba todos los peldaños. Al llegar al número 30 sabía que estaba salvada. Mucho después, Guy de Vere me hizo leer *Horizontes perdidos*, la historia de unas personas que suben por las montañas del Tíbet, hacia el monasterio de Shangri-La, para descubrir los secretos de la vida y de la sabiduría. Pero no merece la pena ir tan lejos. Me acuerdo de mis paseos nocturnos. Para mí, Montmartre era el Tíbet. Me bastaba con la cuesta de la calle de Caulaincourt. Allá arriba, frente al Château des Brouillards, respiraba por primera vez en la vida. Un día, al amanecer, me escapé de Le Canter, donde estaba con Jeannette. Esperábamos a Accad y a Mario Bay, que querían llevarnos a Cabassud junto con Godinger y otra chica. Me asfixiaba. Me inventé un pretexto para salir a tomar el aire. Eché a correr. En la plaza, todos los rótulos fluorescentes estaba apagados, incluso el Moulin-Rouge. Dejé que se apoderase de mí una embriaguez que ni el alcohol ni la nieve hubieran podido proporcionarme nunca. Subí la cuesta hasta el Château des Brouillards. Estaba completamente decidida a no volver a ver a la banda de Le Canter. Más adelante, he sentido la misma embriaguez cada vez que he roto con alguien. No era de verdad yo misma más que mientras escapaba. No tengo más recuerdos buenos que los de huida o de evasión. Pero la vida siempre volvía por sus fueros. Cuando llegué a la avenida de Les Brouillards, estaba segura de que alguien había quedado conmigo por esta zona y sería un nuevo punto de partida para mí. Hay una calle, algo más arriba, donde me gustaría mucho volver en alguna ocasión. Por ella iba la mañana aquella. Allí era donde había quedado. Pero no sabía en qué número. Daba igual. Estaba esperando una señal que me lo indicase. Allá arriba, la calle acababa en pleno cielo, como si condujese al borde de un precipicio. Caminaba con esa sensación de liviandad que, a veces, sentimos en sueños. Ya no le tenemos miedo a nada, todos los peligros son irrisorios. Si las cosas se ponen feas de verdad, basta con despertarse. Somos invencibles. Caminaba, impaciente por llegar al final, allá donde no había más que el azul del cielo y el vacío. ¿Qué palabra podría expresar mi estado de ánimo? Sólo puedo recurrir a un vocabulario muy pobre. ¿Embriaguez? ¿Éxtasis? ¿Embeleso? En cualquier caso, la calle me resultaba familiar. Me parecía que ya la había recorrido anteriormente. No tardaría en llegar al filo del precipicio y me arrojaría al vacío. ¡Qué dicha flotar en el aire y saber por fin cómo era esa sensación de ingravidez que llevaba toda la vida buscando! Me acuerdo con una claridad tan grande de aquella mañana, y de aquella calle y del cielo, al final del todo...

Y luego la vida siguió, con altos y bajos. Un día en que estaba fatal, en la tapa del libro que me había prestado Guy de Vere, *Louise de la Nada*, sustituí con bolígrafo ese nombre por el mío, *Jacqueline de la Nada*.

Aquella noche, era como si celebrásemos una sesión de espiritismo. Estábamos en el despacho de Guy de Vere, quien había apagado la lámpara. O, sencillamente, se había ido la luz. Oíamos su voz en la oscuridad. Nos estaba recitando un texto que nos habría leído con luz si la hubiera habido. Pero no, estoy siendo injusto. A Guy de Vere lo habría escandalizado oírme hablar de «espiritismo». Él estaba a otro nivel. Me habría dicho, con tono de leve reproche: «Hombre, Roland...»

Encendió las velas de un candelabro que estaba encima de la chimenea y luego volvió a sentarse detrás de su escritorio. En las sillas que tenía delante, estábamos aquella chica y yo y una pareja de unos cuarenta años, los dos muy bien puestos y con aspecto burgués, a quienes veía yo allí por primera vez.

Volví la cabeza hacia la chica y se cruzaron nuestras miradas. Guy de Vere seguía hablando, con el busto levemente inclinado, pero con mucha naturalidad, casi en el tono de una conversación corriente. En todas las reuniones, leía un texto y luego nos repartía fotocopias. He conservado la fotocopia de aquella noche. Tenía un punto de referencia. La chica me dio su número de teléfono y yo lo anoté, con bolígrafo rojo, en la parte de abajo de la hoja.

«La concentración máxima se consigue tendido y con los ojos cerrados. Si se produce una mínima manifestación exterior, comienzan la dispersión y la difusión. A pie firme, las piernas restan parte de la fuerza. Los ojos abiertos merman la concentración...»

Me costaba contener la hilaridad; y lo recuerdo tanto más cuanto que nunca me había pasado. Pero la luz de las velas daba a aquella lectura una solemnidad excesiva. Nuestros ojos se encontraban con frecuencia. Ella, aparentemente, no tenía ganas de reírse. Al contrario, parecía muy respetuosa e, incluso, preocupada por si no entendía el sentido de las palabras. Y acababa por inculcarme aquella trascendencia suya. Casi me avergonzaba de mi primera reacción. Apenas me atrevía a pensar en cuánto lo habría perturbado todo si me hubiese echado a reír. Y, en su mirada, me parecía ver algo así como una llamada de socorro, una pregunta. ¿Soy digna de estar entre vosotros? Guy de Vere había cruzado los dedos. La voz tenía ahora un tono más grave y la miraba fijamente, como si sólo hablase para ella. Con lo que la dejaba petrificada. Quizá temía que le hiciese una consulta repentina, algo así como: «Me gustaría saber qué opina usted de todo esto.»

Volvió la luz. Nos quedamos un ratito más en el despacho, lo que no era habitual. Las reuniones se celebraban siempre en el salón y asistían alrededor de diez personas. Esa noche sólo éramos cuatro y, seguramente, De Vere había preferido recibirnos en el despacho, en vista de que éramos tan pocos. Y, además, era una simple cita, sin la invitación habitual que te llegaba a casa o que te daban en la librería Véga si ibas mucho por allí. De la misma forma que he conservado algunas de las fotocopias, también he conservado algunas invitaciones, y una de ellas cayó ayer en mis manos:

Mi querido Roland,

Guy de Vere
tendrá el gusto de recibirlos
el jueves 16 de enero a las 20.00
5, glorieta de Lowendal (XVᵉ)
2.º edificio a la derecha
3.º izquierda

El tarjetón blanco, siempre del mismo formato, y los caracteres en filigrana podrían haber anunciado una velada mundana, un cóctel o un aniversario.

Aquella noche salió a despedirnos hasta la puerta del piso. Guy de Vere y la pareja que venía por primera vez nos llevaban por lo menos veinte años a nosotros dos. Como en el ascensor no cabían cuatro personas, la chica y yo bajamos por las escaleras.

Una calle particular que flanqueaban edificios idénticos con fachadas en color beige y ladrillo. Idénticas puertas de hierro forjado con un farol encima. Idénticas hileras de ventanas. Tras pasar la verja, te

encuentras en la glorieta de la calle de Alexandre-Ca-
banel. Tenía empeño en escribir ese nombre porque
ahí fue donde se cruzaron nuestros caminos. Nos
quedamos quietos un rato, en el centro de esa glorieta, buscando algunas palabras que decirnos. Fui yo
quien rompió el silencio.

—¿Vive por el barrio?

—No, por la zona de L'Étoile.

Andaba buscando un pretexto para no separarnos
aún.

—Podemos hacer parte del camino juntos.

Fuimos andando por debajo del viaducto, siguiendo el bulevar de Grenelle. Me propuso ella que
fuéramos a pie por el trayecto de esa línea elevada de
metro que iba hasta L'Étoile. Si se cansaba, podría
hacer el resto del camino en metro. Debía de ser un
domingo por la noche, o un festivo. No había tráfico
y todos los cafés estaban cerrados. En mis recuerdos
al menos, aquella noche estábamos en una ciudad desierta. Nuestro encuentro, cuando lo pienso ahora,
me parece el encuentro de dos personas que no tenían raíces en la vida. Creo que los dos estábamos solos en el mundo.

—¿Hace mucho que conoce a Guy de Vere? —le
pregunté.

—No, lo conocí a principios de este año, por un
amigo. ¿Y usted?

—Yo por la librería Véga.

Ella no sabía que existiera esa librería pequeña
del bulevar Saint-Germain, en cuyo escaparate estaba
escrito, en caracteres azules: *Orientalismo y religiones*

comparadas. Ahí fue donde oí hablar por primera vez de Guy de Vere. Una noche, el librero me dio uno de los tarjetones de invitación y me dijo que podía asistir a la reunión. «Está pensada para personas como usted.» Me hubiera gustado preguntarle qué entendía por «personas como usted». Me miraba con bastante simpatía y no debía de ser nada peyorativo. Tenía incluso intención de «recomendarme» a aquel Guy de Vere.

—¿Está bien la librería Véga?

La chica me lo preguntó con tono irónico. Pero a lo mejor era su acento parisino el que me daba esa impresión.

—Tienen montones de libros interesantes. Ya la llevaré.

Quise saber qué leía y qué la había atraído a las reuniones de Guy de Vere. El primer libro que le aconsejó De Vere fue *Horizontes perdidos.* Lo leyó con mucha atención. Llegó bastante antes que los demás a la reunión anterior y De Vere la hizo pasar a su despacho. Buscaba en las baldas de su biblioteca, que cubría dos paredes enteras, otro libro para prestarle. Al cabo de un momento, como si se le hubiera venido algo a la cabeza de repente, se fue hacia el escritorio y cogió un libro que estaba entre carpetas apiladas y cartas en desorden. Le dijo: «Puede leer esto. Me gustaría saber qué le parece.» Debía de estar muy intimidada. De Vere hablaba siempre a los demás como si fueran tan inteligentes y tan cultos como él. ¿Hasta cuándo? Antes o después, acabaría por darse cuenta de que los demás no estaban a la altura. El libro que le dio aquella noche se llamaba *Louise de la Nada*. No, yo no lo conocía. Era la historia de la vida de Louise de la Nada, una monja, y venían todas las cartas que escribió. La chica no las leía por orden; abría el libro al azar. Algunas páginas la habían impresionado mucho. Más aún que *Horizontes perdidos*. Antes de conocer a De Vere, había leído novelas de ciencia ficción, como *Los cristales soñadores*. Y obras de astronomía. Qué coincidencia... A mí también me gustaba mucho la astronomía.

Al llegar a la estación de Bir-Hakeim, me pregunté si iba a coger el metro o si querría seguir a pie y cruzar el Sena. Por encima de nuestras cabezas, a intervalos regulares, el estruendo de los trenes. Nos metimos en el puente.

—Yo también —le dije— vivo por L'Étoile. A lo mejor vivimos cerca.

Titubeaba. Seguramente quería decirme algo que la hacía sentirse incómoda.

—En realidad, estoy casada... Vivo en casa de mi marido, en Neuilly...

Parecía que me acabase de confesar un crimen.

—¿Y lleva mucho casada?

—No, no mucho..., desde el mes de abril del año pasado...

Seguimos andando. Habíamos llegado a la mitad del puente, a la altura de las escaleras que llevan al paseo de Les Cygnes. Tomó por esas escaleras y yo la seguí. Bajaba los peldaños con paso firme, como si fuera a una cita. Y me hablaba cada vez más deprisa.

—Hubo un momento en que estaba buscando trabajo... Vi un anuncio... Era un trabajo de secretaria interina...

Al llegar abajo, fuimos por el paseo de Les Cygnes. A ambos lados, el Sena y las luces de los muelles. A mí me daba la impresión de que estaba en la cubierta de paseo de un barco encallado en plena noche.

—En la oficina, el trabajo me lo daba un hombre... Era muy agradable conmigo... Era mayor que yo... Al cabo de cierto tiempo, quiso casarse...

Era como si quisiera justificarse ante un amigo de la infancia del que llevaba mucho tiempo sin saber nada y con el que se hubiese topado por la calle, por casualidad.

—Pero ¿a usted le apetecía casarse?

Se encogió de hombros, como si le hubiera dicho algo absurdo. Esperaba continuamente que me dijera: «Pero, vamos a ver, tú que me conoces tan bien...»

Bien pensado, debía de haberla conocido en una vida anterior.

—Siempre me decía que lo hacía por mi bien... Y es verdad... Todo lo hace por mi bien... Se considera uno poco como si fuera mi padre...

Pensé que estaba esperando que le diera un consejo. Seguramente no tenía costumbre de contar sus intimidades.

—¿Y nunca va con usted a las reuniones?

—No. Tiene demasiado trabajo.

Conoció a De Vere por un amigo de juventud de su marido, que lo llevó a cenar a casa de ellos, en Neuilly. Me daba todos esos detalles con el ceño fruncido, como si temiera olvidarse de alguno, aunque fuera el más insignificante.

Habíamos llegado al final del paseo, frente a la estatua de la Libertad. Había un banco, a la derecha. No sé cuál de los dos tomó la iniciativa de sentarse, o es posible que se nos ocurriera la idea al mismo tiempo. Le pregunté si no tenía que volver a casa. Era la tercera o cuarta vez que asistía a las reuniones de Guy de Vere y que se encontraba, a eso de las once de la noche, ante las escaleras de la boca de metro de Cambronne. Y, en todas y cada una de las ocasiones, ante la perspectiva de tener que regresar a Neuilly, le entraba algo así como un desánimo. Así que a partir de ahora iba a verse en la obligación de coger siempre la misma línea de metro. Hacer transbordo en L'Étoile. Bajarse en Sablons...

Notaba el contacto de su hombro contra el mío. Me dijo que, después de la cena aquella en que vio a Guy de Vere por primera vez, la invitó a una conferencia que daba en una sala pequeña por la zona de L'Odéon. Aquel día, la cosa iba del «Mediodía oscuro» y de la «luz verde». A la salida, anduvo al azar por el barrio. Flotaba en esa luz límpida y verde de la que hablaba Guy de Vere. Las cinco de la tarde. Había mucho tráfico por el bulevar y, en el cruce de L'Odéon, la gente le daba empujones porque iba contracorriente, y no quería bajar con aquellas personas las escaleras del metro. Una calle desierta iba cuesta arriba, en pendiente suave, hacia el jardín del Luxembourg. Y allí, a la mitad de la cuesta, entró en un café del barrio, que hacía esquina: Le Condé. «¿Conoces

93

Le Condé?» De repente, me tuteaba. No, no conocía Le Condé. A decir verdad, no me gustaba mucho el barrio de Les Écoles. Me recordaba mi infancia, los dormitorios colectivos de un liceo del que me habían expulsado y un restaurante universitario, por la calle Dauphine, al que no me quedaba más remedio que ir con un carnet de estudiante falsificado. Me moría de hambre. Ella, desde entonces, buscaba refugio con frecuencia en Le Condé. No tardó en conocer a la mayoría de los parroquianos, sobre todo a dos escritores: un tal Maurice Raphaël y Arthur Adamov. ¿Me sonaban de algo? Sí. Sabía quién era Adamov. Hasta lo había visto varias veces por la zona de Saint-Julien-le-Pauvre. Una mirada intranquila. Espantada incluso, diría yo. Llevaba sandalias sin calcetines. Ella no había leído ningún libro de Adamov. En Le Condé, a veces le pedía que lo acompañase hasta su hotel porque le daba miedo andar solo de noche por la calle. Desde que iba por Le Condé, los demás le habían puesto un apodo. Se llamaba Jacqueline, pero la llamaban Louki. Si quería, me presentaría a Adamov y a los demás. Y también a Jimmy Campbell, un cantante inglés. Y a un amigo tunecino, Ali Cherif. Podíamos vernos durante el día en Le Condé. También iba por la noche, cuando su marido no estaba. Muchas veces, volvía muy tarde de trabajar. Alzó la cabeza hacia mí y, tras titubear un momento, me dijo que cada vez le costaba un poco más volver a casa de su marido en Neuilly. Parecía preocupada y no pronunció ni una palabra más.

La hora del último metro. Estábamos solos en el

vagón. Antes de hacer transbordo en L'Étoile, me dio
su número de teléfono.

Aún hoy me sucede a veces: oigo, por la noche,
una voz que, por la calle, me llama por mi nombre.
Una voz ronca. Arrastra un poco las sílabas y la reconozco enseguida: la voz de Louki. Me doy la vuelta,
pero no hay nadie. Y no sólo me pasa por las noches,
sino también en las horas bajas de esas tardes de verano en que ya no sabe uno muy bien en qué año está.
Todo va a volver a empezar, igual que era antes. Los
mismos días, las mismas noches, los mismos lugares,
los mismos encuentros. El Eterno Retorno.

Con frecuencia, oigo esa voz en sueños. Todo es
tan exacto –hasta el menor detalle– que, al despertar,
me pregunto cómo puede ser. La otra noche soñé que
salía del edificio de Guy de Vere, a la misma hora en
que salimos Louki y yo la primera vez. Miré el reloj.
Las once de la noche. En una de las ventanas de la
planta baja del edificio había hiedra. Salí por la verja
y estaba cruzando la glorieta de Cambronne, camino
del metro elevado, cuando oí la voz de Louki. Me llamaba: «Roland...» Me llamó dos veces. Noté la ironía
en su voz. Al principio, se burlaba de mi nombre, un
nombre que no era el mío. Lo escogí para simplificar
las cosas, un nombre que valía para todo, que también podía hacer las veces de apellido. Resultaba
práctico eso de Roland. Y, sobre todo, era tan francés... Mi nombre de verdad era demasiado exótico.
Por entonces, evitaba llamar la atención y que se fija-

sen en mí. «Roland...» Me volví. Nadie. Estaba en el centro de la glorieta, como la primera vez, cuando no sabíamos qué decirnos. Al despertar, decidí ir a las señas antiguas de Guy de Vere, para comprobar si, efectivamente, había hiedra en la ventana de la planta baja. Cogí el metro hasta Cambronne. Era la línea de Louki cuando todavía volvía a casa de su marido, en Neuilly. La acompañaba y muchas veces nos bajábamos en la estación Argentine, cerca del hotel donde vivía yo. En todas las ocasiones, si por ella fuera, se habría quedado toda la noche en mi habitación, pero hacía un último esfuerzo y volvía a Neuilly... Y luego, una noche, se quedó conmigo, en Argentine.

Se me hizo raro eso de pasar por la mañana por la glorieta de Cambronne, porque a casa de Guy de Vere íbamos siempre de noche. Empujé la puerta de la verja y me dije que no había probabilidad alguna de encontrarme con él después de todo el tiempo que había pasado. Ya no existía la librería Véga en el bulevar Saint-Germain y ya no existía Guy de Vere en París. Y ya no existía Louki. Pero allí estaba la hiedra, en la ventana de la planta baja, como en mi sueño. Me alteró mucho. ¿La otra noche, era realmente un sueño lo que había tenido? Me quedé un momento quieto, ante la ventana. Esperaba oír la voz de Louki. Volvería a llamarme. No. Nada. El silencio. Pero no me daba en absoluto la impresión de que hubiera pasado el tiempo desde la época de Guy de Vere. Antes bien, se había quedado clavado en algo así como una eternidad. Me acordé del texto que estaba intentando escribir cuando conocí a Louki. Lo había llamado *Las zonas neutras.* Había en París zonas intermedias, tierras de nadie en donde estaba uno en las lindes de todo, en tránsito, o incluso en suspenso. Podía disfrutarse allí de cierta inmunidad. Habría podido llamarlas zonas francas, pero zonas neutras era más exacto. Una noche, en Le Condé, le pregunté qué opinaba a Maurice Raphaël, ya que era escritor. Se encogió de hombros y me sonrió con socarronería: «Usted sabrá, muchacho... No entiendo demasiado bien dónde quiere ir a parar... Digamos "neutras" y no se hable más...» La glorieta de Cambronne y el barrio entre Ségur y Dupleix, todas esas calles que iban a dar a las pasarelas del metro elevado, pertenecían a una zona neutra, y si había conocido allí a Louki no había sido por casualidad.

Ese texto, lo perdí. Cinco páginas que escribí en la máquina que me prestó Zacharias, un parroquiano de Le Condé. De dedicatoria, puse: *Para Louki de las zonas neutras.* No sé qué le pareció esa obra. No creo que la leyera entera. Era un texto que echaba un tanto para atrás, una enumeración, por distritos, con los nombres de las calles que delimitaban las zonas neutras. A veces, se trataba de una manzana de casas; o, si no, de una extensión mucho mayor. Una tarde en que estábamos los dos en Le Condé, acababa de leer la dedicatoria y me dijo: «Sabes, Roland, podríamos irnos a vivir una semana a cada uno de esos barrios que dices...»

La calle de Argentine, donde tenía alquilado un cuarto de hotel, era desde luego una zona neutra.

¿Quién habría podido venir a buscarme aquí? Las pocas personas con las que me cruzaba debían de estar muertas para el estado civil. Un día, hojeando un periódico, fui a dar, en la sección «avisos de los juzgados», con un suelto que se titulaba «Declaración de ausencia». Un tal Tarride llevaba treinta años sin volver a su domicilio ni dar señales de vida y la audiencia provincial lo había declarado «ausente». Le enseñé el aviso a Louki. Estábamos en mi habitación, en la calle de Argentine. Le dije que estaba seguro de que el individuo aquel vivía en esa calle, con decenas de personas a quienes también habían declarado «ausentes». Además, en todos los edificios próximos a mi hotel había un letrero de «pisos amueblados». Sitios de paso en donde no le pedían a nadie que se identificase y era posible esconderse. Aquel día habíamos celebrado con los demás en Le Condé el cumpleaños de la Houpa. Y nos habían hecho beber. Cuando volvimos a la habitación, estábamos un poco borrachos. Abrí la ventana. Grité todo lo fuerte que pude: «¡Tarride! ¡Tarride!...» La calle estaba desierta y el nombre retumbaba muchísimo. Me daba incluso la impresión de que el eco rebotaba. Louki vino a mi lado y se puso a gritar también: «¡Tarride!... ¡Tarride!...» Una broma infantil que nos daba risa. Pero al final acabé por creer que aquel hombre iba a contestar y que íbamos a resucitar a todos los ausentes que rondaban por aquella calle como fantasmas. Al cabo de un rato, el vigilante nocturno del hotel llamó a la puerta. Dijo con voz de ultratumba: «Un poco de silencio, por favor.» Oímos cómo sus pasos pesados bajaban las escaleras. Entonces llegué a la conclusión de que él también era un ausente, como el Tarride de marras y todos los que se ocultaban en los pisos amueblados de la calle de Argentine.

De eso me acordaba cada vez que iba por esta calle para volver a mi habitación. Louki me había dicho que ella también había vivido, antes de casarse, en dos hoteles del barrio, algo más al norte, en la calle de Armaillé, primero, y, luego, en la calle de L'Étoile. En aquella temporada, debimos de cruzarnos sin vernos.

Me acuerdo de la noche en que decidió no volver a casa de su marido. Aquel día, me había presentado, en Le Condé, a Adamov y a Ali Cherif. Yo iba cargado con la máquina de escribir que me había prestado Zacharias. Quería empezar *Las zonas neutras*.

Dejé la máquina encima de la mesita de madera rojiza de pino que había en la habitación. Tenía ya pensada la primera frase: «Las zonas neutras tienen, al menos, esta ventaja: no son sino un punto de partida y, antes o después, nos vamos de ellas.» Sabía que, ante la máquina de escribir, todo sería mucho menos sencillo. Seguramente tendría que tachar esta primera frase. Y la siguiente. Pero, sin embargo, me sentía rebosante de valor.

Louki tenía que volver a Neuilly para la cena, pero a las ocho seguía echada en la cama. No encendía la lámpara de la mesilla. Acabé por recordarle que ya era la hora.

—¿La hora de qué?

Por el tono de la voz, comprendí que nunca más cogería el metro para bajarse en la estación de Sablons. Hubo un largo silencio entre nosotros. Me senté ante la máquina de escribir y pulsé las teclas.

—Podríamos ir al cine —me dijo Louki—. Así pasábamos el rato.

Bastaba con cruzar la avenida de La-Grande-Armée y se encontraba uno con el Studio Obligado. Ninguno de los dos atendimos aquella noche a la película. Creo que había pocos espectadores en la sala. ¿Unas cuantas personas a quienes un tribunal había declarado «ausentes» hacía mucho? Y nosotros ¿quiénes éramos? La miraba a ratos. Y ella no se fijaba en la pantalla, tenía la cabeza gacha y parecía perdida en sus pensamientos. Temía que se levantase y se volviese a Neuilly. Pero no. Se quedó hasta el final de la película.

Cuando salimos del Studio Obligado, parecía aliviada. Me dijo que ahora sí que era ya demasiado tarde para volver a casa de su marido. Esa noche tenía a unos cuantos amigos invitados a cenar. Pues eso, que se acabó. Nunca más habría una cena en Neuilly.

No volvimos a la habitación enseguida. Estuvimos mucho rato paseando por la zona neutra donde ambos habíamos buscado refugio en temporadas diferentes. Quiso enseñarme los hoteles donde había vivido, en la calle de Armaillé y en la calle de L'Étoile. Intento recordar lo que me dijo aquella noche. Fueron cosas confusas. Sólo retazos. Y ahora es ya demasiado tarde para volver a dar con los detalles que faltan o que se me hayan podido olvidar. Muy joven, dejó a su madre y el barrio donde vivía con ella. Su madre murió. Le quedaba una amiga de aquella época, a la que veía de vez en cuando, una tal Jeannette Gaul. Cenamos en dos o tres ocasiones con Jeannette Gaul en la calle de Argentine, en el restaurante destartalado que estaba junto a mi hotel. Una rubia de ojos verdes. Louki me había dicho que la llamaban Calavera por aquella cara demacrada, que contrastaba con un cuerpo de curvas generosas. Más adelante, Jeannette Gaul iba a verla al hotel de la calle de Cels y yo debería haberme hecho una serie de preguntas el día en que las sorprendí en la habitación, donde flotaba un olor a éter. Y, luego, hubo una tarde de brisa y de sol en los muelles, enfrente de Notre-Dame... Yo estaba mirando libros en los cajones de los libreros de viejo mientras las esperaba a las dos. Jeannette Gaul había dicho que había quedado en la calle de Les-Grands-Degrés con alguien que iba a traerle «un poco de nieve»... Se sonreía con la palabra nieve porque estábamos en julio... En uno de los cajones verdes de libros viejos di con un libro de bolsillo que se llamaba *El hermoso verano*. Sí, era un verano hermoso puesto que me estaba pareciendo eterno. Y las vi, de pronto, en la acera de enfrente del muelle. Venían de la calle de Les-Grands-Degrés. Louki me hizo una seña con el brazo. Se acercaban juntas, entre el sol y el silencio. Así es como las veo con frecuencia en sueños, a las dos, por la zona de Saint-Julien-le-Pauvre... Me parece que aquella tarde yo era feliz.

No entendía por qué le habían puesto a Jeannette Gaul el mote de Calavera. ¿Por los pómulos altos y los ojos rasgados? ¡Pero si en aquella cara nada hacía pensar en la muerte! Estaba aún en ese momento en que la juventud puede con todo. Nada –ni las noches de insomnio, ni la nieve, como decía ella– le dejaba huella alguna. ¿Por cuánto tiempo? Habría debido desconfiar de ella. Louki no la llevaba ni a Le Condé ni a las reuniones de Guy de Vere, como si aquella chica fuera su parte de sombra. Sólo las oí una vez hablar de su pasado común delante de mí, pero con medias palabras. Me daba la impresión de que compartían unos cuantos secretos. Un día, cuando salía con Louki de la boca de metro de Mabillon –una tarde de noviembre, a eso de las seis, ya era de noche– reconoció a alguien que estaba sentado a una mesa detrás de la cristalera grande de La Pergola. Se echó un poco hacia atrás. Un hombre de alrededor de cincuenta años, con cara muy seria y pelo negro y planchado. Lo teníamos casi de frente y él también podría habernos visto. Pero me parece que hablaba con alguien que estaba a su lado. Louki me agarró del brazo y tiró de mí hasta la otra acera de la calle de Le Four. Me dijo que había conocido al individuo aquel hacía dos años, con Jeannette Gaul, y regentaba un restaurante en el distrito IX. No se esperaba ni poco ni mucho encontrárselo aquí, en la orilla izquierda. Parecía intranquila. Había dicho las palabras «orilla izquierda» como si el Sena fuera una línea de demarcación que separase dos ciudades ajenas entre sí, algo como un telón de acero. Y el hombre de La Pergola había conseguido cruzar esa frontera. Aquella presencia suya en el cruce de Mabillon la preocupaba en serio.

Le pregunté cómo se llamaba. Mocellini. Y por qué no quería encontrarse con él. No me contestó con claridad. Aquel individuo le traía malos recuerdos, y ya está. Cuando cortaba con alguien, era definitivo, esa gente ya estaba muerta para ella. Si aquel hombre vivía aún y corría el riesgo de toparse con él, entonces más valía cambiar de barrio.

La tranquilicé. La Pergola no era un café como los demás y tenía una clientela, un tanto turbia, que no encajaba en absoluto con el barrio estudioso y bohemio por el que andábamos. ¿Decía que al Mocellini aquel lo había conocido en el distrito IX? Pues justo, precisamente La Pergola era algo así como un anexo de Pigalle en Saint-Germain-des-Près, sin que nadie supiera muy bien por qué. Bastaba con escoger la otra acera y evitar La Pergola. No hacía falta cambiar de barrio.

Debería haber insistido para que me contase más cosas, pero sabía más o menos lo que me iba a contestar, en el supuesto de que quisiera contestarme... Me había codeado yo con tantos Mocellini en la infancia y la adolescencia, los Mocellini, esos individuos acerca de los que se pregunta uno, andando el tiempo, en qué andaban metidos... ¿Acaso no había visto muchas veces a mi padre en compañía de gente así? Después de todos aquellos años, podría investigar al Mocellini de marras. Pero ¿para qué? No me enteraría de nada más, que tuviera que ver con Louki, que no supiera ya o no hubiese adivinado. ¿Somos realmente responsables de las comparsas que no hemos escogido y con los que se cruza nuestro camino cuando empezamos a vivir? ¿Soy responsable, por ventura, de mi padre y de todas las sombras que hablaban con él en voz baja en los vestíbulos de los hoteles o en las salas traseras de los cafés y que llevaban maletas en las que nunca sabré qué había? Aquella tarde, tras el molesto encuentro, fuimos por el bulevar Saint-Germain. Cuando entramos en la librería Véga, Louki parecía aliviada. Llevaba una lista de unos cuantos libros que le había recomendado Guy de Vere. Esa lista la he conservado. Se la daba a cuantos asistían a sus reuniones. «No hay obligación de leerlos todos a un tiempo —solía decir—. Más vale escoger un libro solo y leer una página diaria antes de irse a la cama.»

El álter ego celestial
El amigo de Dios en Oberland
Canto de la Perla
La columna de la Aurora
Los doce salvadores del Tesoro de Luz
Órganos o centros sutiles
La rosaleda del misterio
El Séptimo Valle

Unos fascículos delgados con tapas verde pálido. Al principio, en mi habitación de la calle de Argentine, los leíamos Louki y yo en voz alta de vez en cuando. Era algo así como una disciplina, cuando estábamos desanimados. Creo que no leíamos esas obras de la misma forma. Ella tenía la esperanza de descubrirle un sentido a la vida en ellas, mientras que a mí lo que me cautivaba era la sonoridad de las palabras y la música de las frases. Aquella tarde, en la librería Véga, creo que Louki había olvidado al Mocellini aquel y todos los malos recuerdos que le traía. Ahora me doy cuenta de que no era sólo una línea de conducta lo que buscaba al leer los fascículos verde pálido y la biografía de Louise de la Nada. Quería evadirse, huir cada vez más lejos, romper bruscamente con la vida vulgar para respirar el aire libre. Y, además, también estaba aquel pánico que entra de vez en cuando al pensar que las comparsas que hemos dejado atrás pueden volver a encontrarnos y pedirnos cuentas. Había que esconderse para huir de aquellos chantajistas con la esperanza de hallarse algún día definitivamente fuera de su alcance. Allá arriba, en el aire de las cumbres. O en el aire de alta mar. Yo eso lo entendía muy bien. También llevaba aún a la zaga los malos recuerdos y las caras de pesadilla de mi infancia y tenía intención de hacerle a todo aquello un corte de mangas definitivo.

Le dije que era una bobada ir por la otra acera. Acabé por convencerla. Ahora, cuando salíamos de la boca de metro de Mabillon, ya no evitábamos La Pergola. Una noche, incluso, la hice entrar en ese café. No nos sentamos, nos quedamos junto a la barra, esperando a Mocellini a pie firme. Y a todas las demás sombras del pasado. Louki, si estaba conmigo, no le tenía miedo a nada. No hay mejor sistema para que se desvanezcan los fantasmas que mirarles a los ojos. Creo que iba recobrando la confianza y que si hubiera aparecido Mocellini ni se habría inmutado. Yo le había aconsejado que le dijera con voz firme esa

frase que me era familiar en situaciones así: «No...
No soy yo... Lo siento mucho... Está confundido...»

Aquella noche esperamos en vano a Mocellini. Y
nunca más volvimos a verlo detrás de la cristalera.

Ese mes de febrero en que no volvió a casa de su
marido, nevó mucho y, en la calle de Argentine, nos
daba la impresión de que estábamos perdidos en un
hotel de alta montaña. Yo me daba cuenta de que resultaba difícil vivir en una zona neutra. La verdad era
que valía más acercarse al centro. Lo más curioso de
aquella calle de Argentine —aunque ya tenía localiza-
das otras cuantas calles de París que se le parecían—
era que no correspondía al distrito al que pertenecía.
No correspondía a nada, estaba desvinculada de todo.
Con aquella capa de nieve, daba al vacío por los dos
extremos. Tendría que encontrar la lista de las calles
que no se limitan a ser zonas neutras, sino que son,
en París, agujeros negros. O, más bien, esquirlas de
esa materia oscura que se menciona en astronomía,
una materia que todo lo convierte en invisible y parece ser que se les resiste incluso a los ultravioleta, los
infrarrojos y los rayos X. Sí, a la larga corríamos el
riesgo de que se nos tragase la materia oscura.

Louki no quería quedarse en un barrio que caía
demasiado cerca del domicilio de su marido. Apenas
a dos estaciones de metro. Buscaba, en la orilla izquierda, un hotel en las inmediaciones de Le Condé
o del piso de Guy de Vere. Así podría ir a pie. A mí
me daba miedo volver a cruzar el Sena rumbo a ese

distrito VI de mi infancia... Tantos recuerdos doloro-
sos... Pero ¿para qué mencionarlo si es un distrito que
hoy en día ya no existe más que para quienes tienen
allí comercios de lujo y para los extranjeros ricos que
compran pisos? Por aquel entonces, todavía me encontraba por esa zona con vestigios de mi infancia:
los hoteles destartalados de la calle Dauphine, la na-
ve de almacén de la catequesis, el café del cruce de
L'Odéon, donde trapicheaban unos cuantos deserto-
res de las bases norteamericanas, la escalera oscura de
los jardines de Le Vert Galant y aquella inscripción en
la pared cochambrosa de la calle Mazarine, que leía
cada vez que iba al colegio: NO TRABAJÉIS NUNCA.

Cuando Louki alquiló una habitación algo más al
sur, por la zona de Montparnasse, yo me quedé por
las inmediaciones de L'Étoile. Quería evitar cruzarme
con fantasmas en la orilla izquierda. Salvo en Le
Condé y en la librería Véga, prefería no parar mucho
por mi antiguo barrio.

Y además había que conseguir dinero. Louki ven-
dió un abrigo de pieles que debía de ser un regalo de
su marido. Ya no le quedaba más que una gabardina,
demasiado fina para hacerle frente al invierno. Leía
los anuncios por palabras, como poco antes de casarse. Y, de vez en cuando, iba a Auteuil a ver a un antiguo amigo de su madre, que era mecánico en un taller. Y yo apenas me atrevo a contar a qué trabajo me
dedicaba yo. Pero ¿por qué ocultar la verdad?

Un tal Béraud-Bedoin vivía en la manzana de casas que estaba enfrente de mi hotel. En el número 8 de la calle de Saïgon, para ser precisos. Un piso amueblado. Nos cruzábamos con frecuencia y ya no me acuerdo de la primera vez que trabamos conversación. Un individuo de aspecto artero, con el pelo ondulado, vestido siempre con cierto rebuscamiento y fingiendo un desenfado mundano. Estaba sentado frente a él, en una mesa del café restaurante de la calle de Argentine, una tarde de aquel invierno en que caía la nieve sobre París. Le había contado que quería «escribir» cuando me hizo la pregunta habitual: «¿Y a qué se dedica?» En cuanto a él, Béraud-Bedoin, no entendí muy bien que digamos cuál era su razón social. Lo acompañé esa tarde a su «oficina», «que cae muy cerca de aquí», según me dijo. Nuestros pasos iban dejando huellas en la nieve. Bastaba con andar de frente hasta la calle Chalgrin. He mirado una guía antigua, de aquel año, para saber dónde «trabajaba» exactamente el Béraud-Bedoin aquel. A veces, nos acordamos de algunos episodios de nuestras vidas y necesitamos pruebas para tener la completa seguridad de que no lo hemos soñado. Calle de Chalgrin, 14. «Ediciones comerciales de Francia.» Debía de ser ahí. Ahora no me siento con valor para ir y reconocer el edificio in situ. Soy demasiado viejo. Aquel día, no me hizo subir a su oficina, pero nos volvimos a ver al día siguiente, a la misma hora y en el mismo café. Me propuso un trabajo. Consistía en escribir varios folletos referidos a sociedades u organismos de los que era más o menos representante o agente publicitario y que imprimiría su editorial. Me pagaría cinco mil francos de entonces. Él firmaría esos textos y yo le haría de negro. Me proporcionaría toda la documentación precisa. Y así fue como redacté unas diez obritas, *Las aguas minerales de La Bourboule, El turismo en la Costa de Esmeralda, Historia de los hoteles y los casinos de Bagnoles-de-l'Orne,* y monografías dedicadas a los bancos Jordaan, Seligmann, Mirabaud y Demachy. Cada vez que me sentaba a mi mesa de trabajo, temía quedarme dormido de aburrimiento. Pero era bastante sencillo, bastaba con dar forma a las notas de Béraud-Bedoin. Me quedé sorprendido la primera vez que me llevó a la sede de las Ediciones comerciales de Francia: una habitación en la planta baja y sin ventanas, pero a la edad que tenía yo, no se hace uno demasiadas preguntas. Te fías de la vida. Dos o tres meses después, dejé de saber de mi editor. Sólo me había pagado la mitad de la cantidad prometida, y tenía de sobra. Un día –por qué no mañana, si me encuentro con fuerzas– tendría quizá que peregrinar por las calles de Saïgon y de Chalgrin, una zona neutra en la que Béraud-Bedoin y las Ediciones comerciales de Francia se evaporaron junto con la nieve de aquel invierno. Pero no, bien pensado, la verdad es que no tengo valor para hacerlo. Me pregunto incluso si existen aún esas calles y si no se las ha tragado ya para siempre la materia oscura.

Prefiero ir a pie, Campos Elíseos arriba, un atardecer de primavera. La verdad es que ahora ya no existen los Campos Elíseos, pero, de noche, todavía pueden dar el pego. A lo mejor oigo tu voz que me llama por mi nombre en los Campos Elíseos... El día en que vendiste el abrigo de pieles y la esmeralda cabujón me quedaban alrededor de dos mil francos del dinero de Béraud-Bedoin. Éramos ricos. El futuro era nuestro. Aquella tarde tuviste el detalle de ir a reunirte conmigo en el barrio de L'Étoile. Era verano, el mismo verano en que nos encontramos en los muelles con Calavera y os vi a las dos acercaros. Fuimos al restaurante que está en la esquina de la calle de François-Ier con la de Marbeuf. Habían sacado mesas a la acera. Aún era de día. Ya no había tráfico y se oían el susurro de las voces y el ruido de los pasos. A eso de las diez, cuando íbamos Campos Elíseos abajo, me pregunté si alguna vez iba a hacerse de noche y si no iría a ser ésta una noche blanca, como las de Rusia y los países nórdicos. Íbamos sin meta, teníamos toda la noche por delante. Aún quedaban manchas de sol bajo los soportales de la calle de Rivoli. Estaba empezando el verano; pronto nos iríamos. ¿Adónde? Aún no lo sabíamos. Quizá a Mallorca; o a México. Quizá a Londres o a Roma. Los lugares no tenían ya importancia alguna. Se confundían unos con otros. La única meta de nuestro viaje era ir AL CORAZÓN DEL VERANO, a ese sitio en que el tiempo se detiene y las agujas del reloj marcan para siempre la misma hora: mediodía.

Al llegar al Palais-Royal ya había caído la noche. Nos paramos un momento en la terraza de Le Ruc-Univers antes de continuar con la caminata. Un perro nos siguió por toda la calle de Rivoli, hasta Saint-

Paul. Luego, se metió en la iglesia. No estábamos nada cansados y Louki me dijo que podría seguir andando toda la noche. Estábamos cruzando por una zona neutra, inmediatamente antes de L'Arsenal, unas cuantas calles desiertas que invitaban a preguntarse si vivía alguien en ellas. En el primer piso de un edificio, nos llamaron la atención dos ventanales iluminados. Nos sentamos en un banco, enfrente, y no podíamos dejar de mirar esos ventanales. Era de la lámpara con pantalla roja que había al fondo del todo de la que brotaba aquella luz amortiguada. Se divisaba un espejo con marco dorado en la pared de la izquierda. Las demás paredes estaban vacías. Yo acechaba alguna silueta que cruzase por detrás de las ventanas; pero no, aparentemente no había nadie en aquella habitación, de la que no se sabía si era el salón o un dormitorio.

–Deberíamos llamar a la puerta de esa casa –me dijo Louki–. Estoy segura de que alguien nos está esperando.

El banco estaba en el centro de algo así como un terraplén que formaba el cruce de dos calles. Años después, iba en taxi que circulaba, bordeando L'Arsenal, en dirección a los muelles. Le dije al taxista que me dejase allí. Quería volver a ver el banco y el edificio. Tenía la esperanza de que las dos ventanas del primer piso seguirían iluminadas, después de tanto tiempo. Pero estuve a punto de perderme por esas callecitas que van a dar a las tapias del cuartel de Les Célestins. Aquella otra noche, le dije a Louki que no merecía la pena llamar. No habría nadie. Y, además, estábamos bien allí, en aquel banco. Hasta oía correr una fuente en alguna parte.

–¿Estás seguro? –dijo Louki–. Yo no oigo nada...

Éramos nosotros dos quienes vivíamos en aquel piso de enfrente. Se nos había olvidado apagar la luz. Y habíamos perdido la llave. El perro de hacía un rato debía de estar esperándonos. Se había quedado dormido en nuestro cuarto y ahí se quedaría, esperándonos, hasta el final de los tiempos.

Más adelante, íbamos caminando hacia el norte y, para no derivar demasiado, nos pusimos una meta: la plaza de La République: pero no estábamos seguros de ir en la dirección correcta. Daba igual, siempre podríamos coger el metro y volver a la calle de Argentine si nos perdíamos. Louki me dijo que había estado muchas veces en aquel barrio cuando era pequeña. El amigo de su madre, Guy Lavigne, tenía un taller de automóviles por aquellos alrededores. Sí, por la zona de La République. Nos íbamos parando delante de todos los talleres, pero nunca era aquél. Louki no se acordaba ya de por dónde se iba. La próxima vez que fuese a ver al tal Guy Lavigne a Auteuil, tendría que preguntarle la dirección exacta de su antiguo taller, antes de que aquel individuo desapareciese también. Parecía una nadería, pero era importante. De otra forma, acaba uno por quedarse sin puntos de referencia en la vida. Se acordaba de que su madre y aquel Guy Lavigne la llevaban los sábados, después de Pascua, a que subiera en las atracciones de La Foire du Trône. Iban a pie por un bulevar interminable que se parecía al bulevar por el que íbamos ahora nosotros. Seguramente era el mismo. Pero, en tal caso, nos estábamos alejando de la plaza de La République. Aquellos sábados iba andando con su madre y con Guy Lavigne hasta la entrada del bosque de Vincennes.

Eran casi las doce de la noche y se nos iba a hacer muy raro encontrarnos ante las verjas del zoo. Podríamos divisar a los elefantes en la penumbra. Pero allá, ante nosotros, se abría un claro luminoso en cuyo centro se alzaba una estatua. La plaza de La République. Según nos íbamos acercando, sonaba una música cada vez más fuerte. ¿Un baile? Le pregunté a Louki si estábamos a 14 de julio. Ella tampoco lo sabía. Desde hacía una temporada, confundíamos los días y las noches. La música venía de un café, casi en la esquina del bulevar y de la calle de Le-Grand-Prieuré. Había unos cuantos clientes sentados en la terraza.

Se había hecho demasiado tarde para coger el último metro. Nada más pasar el café, había un hotel cuya puerta estaba abierta. Una bombilla desnuda iluminaba unas escaleras muy empinadas con peldaños de madera negra. El vigilante nocturno ni nos preguntó los nombres. Se limitó a decirnos el número de una habitación en el primer piso. «A partir de ahora, a lo mejor podríamos vivir aquí», le dije a Louki.

Una cama individual, pero no nos resultaba demasiado estrecha. Ni visillos ni contraventanas. Habíamos dejado la ventana entornada porque hacía calor. Abajo, había callado la música y oíamos carcajadas. Louki me dijo al oído:

—Tienes razón. Deberíamos quedarnos siempre aquí.

Imaginé que estábamos lejos de París, en algún puertecito del Mediterráneo. Todas las mañanas, a la misma hora, íbamos por el camino de las playas. Se me ha quedado grabada la dirección del hotel: calle de Le-Grand-Prieuré, 2. Hotel Hivernia. Durante todos los años cetrinos que vinieron a continuación, a veces me pedían mis señas o mi número de teléfono, y yo decía: «Lo mejor será que me escriban al Hotel Hivernia, en el número 2 de la calle de Le-Grand-Prieuré. Y me harán llegar la carta.» Debería ir a buscar todas esas cartas que llevan tanto tiempo esperándome y que se han quedado sin responder. Tenías razón, deberíamos habernos quedado siempre allí.

Volví a ver a Guy de Vere por última vez muchos años después. En la calle en cuesta que baja hacia L'Odéon, se detiene un coche a mi altura y oigo que alguien me llama por mi nombre de hace años. Reconozco la voz antes de volverme. Asoma la cabeza por encima del cristal bajado de la ventanilla. Me sonríe. No ha cambiado. Salvo en que lleva el pelo algo más corto.

Era en julio, a las cinco de la tarde, hacía calor. Nos sentamos los dos en el capó del coche para charlar. No me atreví a decirle que estábamos a pocos metros de Le Condé y de la puerta por la que entraba siempre Louki, la de la sombra. Pero esa puerta no existía ya. Ahora, en ese mismo lado, había un escaparate con bolsos de cocodrilo, botas e incluso una silla de montar y fustas. Au Prince de Condé. Marroquinería.

—Bueno, Roland, ¿qué es de su vida?

Seguía teniendo la misma voz clara, aquella que

nos convertía en accesibles los textos más herméticos cuando nos los leía. Me halagaba que aún se acordase de mí y del nombre que usaba por entonces. Asistía tanta gente a las reuniones de la glorieta de Lowendal... Había quien iba una vez nada más, por curiosidad; y los había asiduos. Louki estaba entre ellos. Y yo también. Y eso que Guy de Vere no buscaba discípulos. No se consideraba en absoluto un maestro que enseñase a pensar y se negaba a ejercer dominio alguno sobre los demás. Eran ellos quienes acudían a él sin que se lo pidiera. A veces, se intuía que habría preferido quedarse a solas con sus ensoñaciones, pero no podía negarles nada y, sobre todo, no podía negarles su ayuda para que vieran dentro de sí mismos con mayor claridad.

–¿Y usted está ya de vuelta en París?

De Vere sonrió y me miró con ojos irónicos.

–Siempre el mismo, Roland... Contesta a las preguntas con otra pregunta...

Eso tampoco se le había olvidado. Muchas veces me gastaba bromas por eso. Me decía que, si hubiese sido boxeador, habría sido un genio esquivando.

–Hace ya mucho que no vivo en París, Roland... Ahora vivo en México... Tengo que darle mis señas...

El día en que fui a comprobar si efectivamente había hiedra en la planta baja del edificio en que vivía antes, le pregunté a la portera, por si las sabía, las nuevas señas de Guy de Vere. Me dijo sencillamente: «Se fue sin dejar señas.» Le conté aquella peregrinación a la glorieta de Lowendal.

–Es usted incorregible, Roland, con esa historia

suya de la hiedra... Lo conocí de muy joven, ¿no? ¿Qué edad tenía?

—Veinte años.

—Bueno, pues me parece que ya a esa edad andaba en busca de la hiedra perdida. ¿Me equivoco?

No me quitaba la vista de encima y se le velaba la mirada con una sombra de tristeza. A lo mejor estábamos pensando en lo mismo, pero no me atrevía a pronunciar el nombre de Louki.

—Tiene gracia —le dije—. En la época de las reuniones, venía mucho a este café que ahora ya no es un café.

Y le señalé, a pocos metros de nosotros, la marroquinería Au Prince de Condé.

—Pues claro —me dijo—. París ha cambiado mucho en estos últimos años.

Me miraba fijamente con el ceño fruncido, como si quisiera traer a la memoria un recuerdo lejano.

—¿Sigue trabajando en lo de las zonas neutras?

La pregunta llegó de forma tan abrupta que, de entrada, no me di cuenta de a qué se refería.

—Era bastante interesante aquel texto suyo sobre las zonas neutras...

¡Dios mío, qué memoria! Se me había olvidado que le di aquel texto para que lo leyese. Una noche, al final de alguna de las reuniones en su casa, nos quedamos los últimos, Louki y yo. Le pregunté si no tendría un libro sobre el Eterno Retorno. Estábamos en su despacho y él echó una ojeada a unas cuantas baldas de su biblioteca. Por fin localizó una obra con las tapas en blanco y negro: *Nietzsche: filosofía del Eterno Retorno*

117

de lo mismo; me lo dio y me pasé los días siguientes leyéndolo con mucha atención. En el bolsillo de la chaqueta, las pocas hojas a máquina acerca de las zonas neutras. Quería dárselas para ver qué le parecían, pero no sabía qué hacer. Hasta que no estábamos ya a punto de irnos, en el descansillo, no me decidí a darle, con ademán brusco, aquellas hojas, sin decirle ni palabra.

–También le interesaba mucho –me dijo– la astronomía. Y, sobre todo, la materia oscura...

Nunca habría podido imaginarme que se acordara de eso. En el fondo, siempre había estado muy pendiente de los demás, pero, sobre la marcha, uno no se daba cuenta.

–Qué lástima –le dije– que no haya esta noche una reunión en la glorieta de Lowendal, como las de antes...

Parecieron sorprenderle mis palabras. Me sonrió.

–Siempre esa obsesión suya por el Eterno Retorno...

Ahora recorríamos, arriba y abajo, la acera y, una y otra vez, nuestros pasos volvían a conducirnos ante la marroquinería Au Prince de Condé.

–¿Recuerda aquella noche, en su casa, en que se fue la luz y usted nos hablaba en la oscuridad? –le pregunté.

–No.

–Voy a confesarle algo. Aquella noche casi me da un ataque de risa.

–Debería haberse dejado ir y reírse –me dijo, con tono de reproche–. La risa es comunicativa. Nos habríamos reído todos en la oscuridad.

Miró el reloj.

—No me va a quedar más remedio que dejarlo. Tengo que hacer las maletas. Me marcho otra vez mañana. Y ni siquiera me ha dado tiempo a preguntarle a qué se dedica ahora.

Sacó una agenda del bolsillo interior de la chaqueta y arrancó una hoja.

—Aquí tiene mi dirección en México. Debería venir a verme.

De pronto, tenía tono imperativo, como si quisiera llevarme a la fuerza consigo y salvarme de mí mismo. Y del presente.

—Y, además, allí sigo haciendo reuniones. Venga. Cuento con usted.

Y me alargaba la hoja.

—Le he puesto también mi número de teléfono. A ver si no volvemos a perdernos de vista.

Ya dentro del coche, volvió a asomar la cabeza por encima del cristal bajado de la ventanilla.

—Por cierto... Me acuerdo muchas veces de Louki... Sigo sin entender por qué...

Estaba conmovido. Él, que siempre hablaba sin titubear y con tanta claridad, andaba buscando las palabras.

—Menuda tontería le estoy diciendo... No hay nada que entender... Cuando de verdad queremos a una persona, hay que aceptar la parte de misterio que hay en ella... Porque por eso es por lo que la queremos, ¿verdad, Roland?

Arrancó de repente, seguramente para no emocionarse más. Le dio tiempo a decirme:

–Hasta dentro de nada, Roland.

Me quedé solo delante de la marroquinería Au Prince de Condé. Pegué la frente al cristal del escaparate para ver si había aún un vestigio cualquiera del café: un lienzo de pared, la puerta del fondo, que daba al teléfono de pared, la escalera de caracol que subía al pisito de la señora Chadly. Nada. Todo era liso y estaba tapizado con un tejido naranja. Y lo mismo pasaba por todo el barrio. Al menos, no corría uno el riesgo de toparse con fantasmas. Hasta los fantasmas se habían muerto. Nada que temer según se salía de la boca de metro de Mabillon. Ni más Pergola ni más Mocellini detrás de la cristalera.

Iba caminando deprisa, como si hubiese llegado a última hora de una tarde de julio a una ciudad extranjera. Empecé a silbar una canción mexicana. Pero no me duró mucho aquella despreocupación ficticia. Iba siguiendo las verjas del Luxembourg y el estribillo de *Ay, Jalisco, no te rajes* se me apagó en los labios. Había un cartel pegado al tronco de uno de esos árboles grandes que nos cobijan con sus frondas hasta la entrada de los jardines, allá, más arriba, en Saint-Michel. «Peligro. En breve se talará este árbol. Se sustituirá este mismo invierno.» Durante unos instantes, creí que era un mal sueño. Me quedé allí, petrificado, leyendo y volviendo a leer aquella sentencia de muerte. Un transeúnte se acercó para decirme: «¿Se encuentra mal?» Y, luego, se alejó, chasqueado seguramente ante mi mirada fija. En el mundo aquel, en donde cada vez me sentía más como si fuera un superviviente, también decapitaban a los árboles. Seguí

120

andando, intentando pensar en otra cosa, pero me resultaba difícil. No podía olvidarme de aquel cartel ni de aquel árbol condenado a muerte. Me preguntaba qué soñaban los componentes de los tribunales y los verdugos. Me tranquilicé. Para reconfortarme, me imaginé que Guy de Vere andaba a mi lado y que me repetía con aquella voz suave que tenía: «... Que no, Roland, que es un mal sueño..., a los árboles no los decapitan.»

Ya había dejado atrás la verja de la entrada de los jardines e iba por esa parte del bulevar que lleva a Port-Royal. Una noche, acompañamos Louki y yo, por esta zona, a un chico de nuestra edad a quien habíamos conocido en Le Condé. Nos indicó, a la derecha, el edificio de la Escuela de Minas y nos informó con voz melancólica de que estudiaba en esa escuela.

—¿Os parece que debo seguir?

Me percaté de que estaba al acecho de que lo animásemos y eso lo ayudara a tomar una decisión drástica. Le dije: «Pues claro que no, chico... Corta amarras...»

Se volvió hacia Louki. También quería saber qué opinaba ella. Louki le explicó que, desde que no la admitieron en el liceo Jules-Ferry, no se fiaba nada de las escuelas. Creo que eso acabó de convencerlo. Al día siguiente, en Le Condé, nos dijo que la Escuela de Minas y él no tenían ya nada que ver.

Louki y yo íbamos con frecuencia por este mismo camino para volver al hotel de ella. Se daba un rodeo, pero estábamos acostumbrados a andar. ¿Era un rodeo, en realidad? No, bien pensado, creo que era una

121

línea recta que iba tierra adentro. De noche, por la avenida de Denfert-Rochereau, estábamos en una ciudad de provincias, porque había silencio y muchos hospicios de órdenes religiosas, un portal tras otro. El otro día, fui a pie por la calle bordeada de plátanos y de tapias altas que divide en dos el cementerio de Montparnasse. Por ahí también se llegaba al hotel. Me acuerdo de que Louki prefería no pasar por allí, y por eso íbamos por Denfert-Rochereau. Pero, en los últimos tiempos, ya no le teníamos miedo a nada y nos parecía que esa calle que parte el cementerio en dos no dejaba de tener su encanto, de noche, con aquella bóveda de hojas. No pasaba ningún coche a aquellas horas y nunca nos cruzábamos con nadie. Se me había olvidado meter aquella calle en la lista de las zonas neutras. Era más bien una frontera. Cuando llegábamos al final, entrábamos en una comarca en que estábamos al resguardo de todo. La semana pasada no pasé por allí de noche, sino a media tarde. No había vuelto desde que la recorríamos juntos o iba a reunirme contigo al hotel. Por un momento, tuve la ilusión de que, pasado el cementerio, te encontraría. Estaríamos en el Eterno Retorno. El mismo ademán de entonces para coger, en recepción, la llave de tu cuarto. La misma escalera empinada. La misma puerta blanca con su número: 11. La misma espera. Y, luego, los mismos labios, el mismo perfume, la misma melena que se suelta y cae en cascada.

Todavía estaba oyendo a De Vere decir, hablando de Louki: «Sigo sin entender por qué... Cuando de verdad queremos a una persona, hay que aceptar la parte de misterio que hay en ella...»

¿Qué misterio? Yo estaba convencido de que nos parecíamos, puesto que con frecuencia nos transmitíamos el pensamiento. Estábamos en la misma longitud de onda. Habíamos nacido el mismo año y el mismo mes. Pero, sin embargo, no queda más remedio que pensar que había una diferencia entre nosotros.

No, yo tampoco consigo entenderlo... Sobre todo cuando recuerdo las últimas semanas. El mes de noviembre, los días que van menguando, las lluvias otoñales, nada de todo aquello parecía quitarnos bríos. Hacíamos los mismos proyectos de viaje. Y, además, en Le Condé había un ambiente jubiloso. No sé ya quién había sumado a la clientela habitual a aquel Bob Storms, que se decía de Anvers y poeta y director de teatro. ¿Adamov quizá? ¿O fue Maurice Raphaël? Cuánto nos reímos con aquel Bob Storms. Nos tenía una simpatía especial a Louki y a mí. Quería que pasásemos los dos el verano en la casa enorme que tenía en Mallorca. Aparentemente, no pasaba por ningún agobio material... Decían que era coleccionista de pintura... Se dicen tantas cosas... Y, luego, las personas desaparecen un buen día y te das cuenta de que no sabías nada de ellas, ni siquiera su auténtica identidad.

¿Por qué me vuelve con tanta fuerza a la memoria la silueta fornida de Bob Storms? En los momentos más tristes de la vida aparece con frecuencia una nota discordante y liviana, una cara de bufón flamenco, un Bob Storms que pasaba por allí y habría podido conjurar la desdicha. Se quedaba de pie, junto a la barra, como si hubiera peligro de que las sillas de madera se rompieran con su peso. Era tan alto que no se le notaba la corpulencia. Siempre vestido con algo así como un jubón de terciopelo cuyo color negro contrastaba con la barba y el pelo rojos. Y con una capa de ese mismo color. La noche en que nos fijamos en él por primera vez, se acercó a nuestra mesa y se nos quedó mirando a Louki y a mí. Luego sonrió y cuchicheó, inclinándose hacia nosotros: «*Compagnons des mauvais jours, je vous souhaite une bonne nuit.*»[1] Cuando se enteró de que yo me sabía muchos versos, quiso hacer un concurso conmigo. A ver quién tenía la última palabra. Él me decía un verso, yo tenía que decirle otro, y así sin parar. La cosa duraba mucho rato. Lo mío no tenía ningún mérito. Era algo así como analfabeto, sin cultura general alguna, pero se me habían quedado versos, como les pasa a esos que saben tocar cualquier fragmento de música al piano sin tener ni idea de solfeo. Bob Storms me llevaba una ventaja: se sabía también todo el repertorio de poesía inglesa, española y flamenca. De pie junto a la barra, me soltaba con expresión desafiante:

I hear the Shadowy Horses, their long manes a-shake

o bien:

Como todos los muertos que se olvidan
en un montón de perros apagados

1. De Jacques Prévert: «Compañeros de los malos días, os deseo buenas noches.» *(N. de la T.)*

o, si no:

De burgemeester heeft ons iets misdaan,
Wij leerden, door zijn schuld, het leven haten.

Me agobiaba un poco, pero era muy buena persona, mucho mayor que nosotros. Me habría gustado que me contase sus vidas anteriores. Siempre me contestaba a las preguntas con evasivas. Cuando notaba que alguien sentía por él demasiada curiosidad, se le desinflaba de repente la exuberancia, como si tuviera algo que ocultar o quisiese embrollar las pistas. No contestaba y, al final, quebraba el silencio con una carcajada.

Bob Storms organizó una velada en su casa. Nos invitó a Louki y a mí, y a los demás: a Annet, Don Carlos, Bowing, Zacharias, Mireille, la Houpa, Ali Cherif y al chico a quien habíamos convencido para que no volviese por la Escuela de Minas. Y había más convidados, pero yo no los conocía. Vivía en el muelle de Anjou, en un piso en cuya segunda planta había un estudio gigantesco. La recepción la daba para la lectura de una obra que quería montar: *Hop Signor!* Louki y yo llegamos antes que los demás y me llamaron la atención los candelabros que iluminaban el estudio, las marionetas sicilianas y flamencas colgadas de las vigas, los espejos y los muebles Renacimiento. Bob Storms iba con su jubón de terciopelo negro. Un ventanal muy grande daba al Sena. Con ademán

protector, nos rodeó a Louki y a mí los hombros con
los brazos y nos dijo la frase ritual:

Compagnons des mauvais jours,
je vous souhaite une bonne nuit.

Se sacó luego del bolsillo un sobre y me lo alargó.
Nos dijo que eran las llaves de su casa de Mallorca y
que teníamos que irnos allí lo antes posible. Y quedarnos hasta septiembre. Le parecía que teníamos mala
cara. Qué velada más extraña... La obra sólo tenía un
acto y los actores la leyeron bastante deprisa. Estábamos sentados a su alrededor. De vez en cuando, cada
vez que Bob Storms nos hacía una señal, teníamos que
gritar todos, como si fuéramos un coro: «*Hop Signor!*»... Circulaba el alcohol generosamente. Y también otras sustancias venenosas. En medio del salón
grande, en la planta de abajo, habían puesto un bufé.
El propio Bob servía las bebidas en copas metálicas
y en otras copas de cristal. Cada vez había más gente. En un momento dado, Storms me presentó a un
hombre de su misma edad, pero mucho más bajo,
un escritor americano, un tal James Jones, al que llamaba «su vecino de rellano». Al final Louki y yo no
sabíamos ya demasiado bien qué hacíamos entre todos aquellos desconocidos. Tantas personas con las
que nos cruzamos cuando estábamos empezando a
vivir, que no lo sabrán nunca y a las que nunca reco-
noceremos.

Nos escurrimos hacia la salida. Estábamos seguros de que nadie se había fijado, entre tanto barullo,

126

en que nos íbamos. Pero acabábamos de cruzar la puerta del salón cuando Bob Storms nos alcanzó.

–¿Qué, chicos? ¿Me dejáis plantado?

Tenía la sonrisa de costumbre, una sonrisa ancha que le daba un parecido, con aquella barba y aquella estatura tan alta, a algún personaje del Renacimiento o del Gran Siglo, a Rubens o a Buckingham. Y, no obstante, le asomaba a la mirada cierta intranquilidad.

–¿No os habéis aburrido demasiado?

–Claro que no –le dije–. Ha estado muy bien. *Hop Signor...*

Nos rodeó los hombros a Louki y a mí con ambos brazos, como había hecho ya en el estudio.

–Bueno, pues espero veros mañana...

Nos llevaba hacia la puerta sin soltarnos los hombros.

–Y, sobre todo, marchaos enseguida a Mallorca para que os dé el aire... Lo estáis necesitando... Ya os he dado las llaves de la casa...

En el descansillo, se nos quedó mirando a los dos un buen rato. Y luego me recitó:

Le ciel est comme la tente déchirée d'un cirque pauvre.

Mientras Louki y yo bajábamos las escaleras se quedó asomado a la barandilla. Esperaba que le dijera un verso, para responder al suyo, como solíamos hacer. Pero no se me ocurría nada.

Me da la impresión de que confundo las estaciones. Pocos días después de esa velada, acompañé a Louki a Auteuil. Me parece que era verano, o quizá invierno, pero una de esas mañanas límpidas con frío, sol y cielo azul. Quería ir a ver a Guy Lavigne, aquel que había sido amigo de su madre. Preferí esperarla. Quedamos «dentro de una hora» en la esquina de la calle del taller. Me parece que teníamos intención de irnos de París por lo de las llaves que nos había dado Bob Storms. A veces se te oprime el corazón cuando piensas en las cosas que habrían podido ser y que no fueron, pero me digo que incluso ahora la casa sigue vacía y esperándonos. Yo era feliz aquella mañana. Y me sentía ligero. Y notaba cierta embriaguez. Teníamos por delante y a distancia la línea del horizonte, allá, hacia el infinito. Un taller de automóviles al fondo de una calle tranquila. Lamentaba no haber acompañado a Louki a ver al tal Lavigne. A lo mejor nos prestaba un coche para irnos hacia el sur.

La vi salir por la puerta pequeña del taller. Me hizo una señal con el brazo, el mismo que el de la otra vez, cuando las estaba esperando a ella y a Jeannette Gaul, aquel verano, en los muelles. Camina delante de mí con ese mismo paso indolente y parece que acorta el ritmo, como si el tiempo no contase ya. Me coge del brazo y paseamos por el barrio. Aquí viviremos algún día. Además, siempre he vivido aquí. Vamos por callecitas, cruzamos una rotonda desierta. El pueblo de Auteuil se desgaja despacio de París. Esos edificios ocres o beiges podrían estar en la Costa Azul; y esas tapias, uno se pregunta si ocultan un jardín o las lindes de un bosque. Hemos llegado a la plaza, la Place de l'Église, ante la estación de metro. Y allí, puedo decirlo ahora que ya no tengo nada que perder, fue la única vez en mi vida que noté lo que era el Eterno Retorno. Hasta aquel momento, me esforzaba en leer obras sobre ese tema, con la buena voluntad del autodidacta. Fue inmediatamente antes de bajar las escaleras de la estación de metro Église-Auteuil. ¿Por qué en aquel sitio? No lo sé y da lo mismo. Me quedé un momento inmóvil y le apreté el brazo. Estábamos allí, juntos, en la misma plaza, desde toda la eternidad, y aquel paseo por Auteuil ya lo habíamos dado en miles y miles de vidas anteriores. No me hacía falta mirar el reloj. Sabía que era mediodía.

Sucedió en noviembre. Un sábado. Por la mañana y por la tarde me quedé en la calle de Argentine, dedicado a las zonas neutras. Quería dar más cuerpo a aquellas cuatro páginas y escribir treinta por lo menos. Y sería como una bola de nieve, podría llegar a las cien. Había quedado con Louki en Le Condé a las cinco. Tenía decidido irme en los días inmediatos de la calle de Argentine. Me parecía que me había curado definitivamente de las llagas de mi infancia y de mi adolescencia y que, en adelante, no tenía ya razón alguna para quedarme escondido en una zona neutra.

Fui andando hasta la boca de metro de L'Étoile. Era la línea que habíamos cogido muchas veces Louki y yo para ir a las reuniones de Guy de Vere, la línea cuyo trayecto fuimos siguiendo a pie la primera vez. Al cruzar el Sena, me fijé en que había mucha gente paseando por el paseo de Les Cygnes. Hice transbordo en La Motte-Picquet-Grenelle.

Me bajé en Mabillon y le eché una ojeada a La Pergola, como hacíamos siempre. Mocellini no estaba sentado detrás de la cristalera.

Cuando entré en Le Condé, las agujas del reloj redondo que había en la pared del fondo marcaban las cinco en punto. Por lo general, era una hora baja. Las mesas estaban vacías, menos la de al lado de la puerta, en donde se sentaban Zacharias, Annet y Jean-Michel. Los tres me lanzaban unas miradas muy raras. No decían nada. Zacharias y Annet tenían la cara lívida, seguramente por la luz que entraba por la cristalera. No me contestaron cuando les dije hola. Me clavaban unas miradas extrañas, como si hubiese hecho algo malo. Jean-Michel contrajo los labios y me di cuenta de que quería decirme algo. Una mosca se posó en la mano de Zacharias, y él la espantó con un gesto nervioso. Luego cogió el vaso y se lo bebió de un tirón. Se puso de pie y se me acercó. Me dijo con voz inexpresiva: «Louki. Se ha tirado por la ventana.»

Me daba miedo confundirme de camino. Fui por Raspail y por la calle que corta el cementerio. Al llegar al final, no sabía ya si tenía que seguir recto o si tenía que tirar por la calle de Froidevaux. Tiré por la calle de Froidevaux. A partir de ese momento, hubo un hueco en mi vida, un blanco, que no es que diera una sensación de vacío, sin más, sino que la vista no lo podía soportar. Toda aquella blancura me deslumbraba con una luz fuerte, que irradiaba. Y así seguirá siendo hasta el final.

Mucho rato después, en el hospital Broussais, estaba en una sala de espera. Un hombre de unos cincuenta años, con el pelo gris cortado a cepillo y que llevaba un abrigo de espiga, también estaba esperando en uno de los bancos corridos, en la otra punta de la sala. Sólo estábamos él y yo. La enfermera vino a decirme que había muerto. Se acercó como si la cosa fuera con él. Pensé que sería Guy Lavigne, el amigo de su madre, a quien iba a ver a Auteuil, a su taller. Le pregunté:

—¿Es usted Guy Lavigne?

Negó con la cabeza.

—No. Me llamo Pierre Caisley.

Salimos a un tiempo de Broussais. Era de noche. Andábamos juntos por la calle de Didot.

—Y usted supongo que es Roland.

¿Cómo podía saber mi nombre? Me costaba andar. Aquella blancura, aquella luz que irradiaba delante de mí...

—¿No dejó ninguna carta? —le pregunté.

—No. Nada.

Fue él quien me lo contó todo. Estaba en su habitación con una tal Jeannette Gaul, a la que apodaban Calavera. Pero ¿cómo sabía él el mote de Jeannette? Salió al balcón. Pasó una pierna por encima de la barandilla. La otra intentó sujetarla por un faldón de la bata. Pero ya era demasiado tarde. Le dio tiempo a decir unas pocas palabras, como si hablase consigo misma para darse ánimos:

—Ya está. Déjate ir.